亞歷山大・麥克勞德——著

獻給我爸媽，阿利斯泰爾和安娜塔。

我停下來，轉臉避開風，回顧來處。
我的父母在那裡，一起被吹在我後方。
他們同樣一動也不動，只是努力在原地站穩。
他們側轉著身子迎著風，肩碰著肩，互相依偎，有如山形屋頂的規尾。

——阿利斯泰爾·麥克勞德〈衰落〉

可我感覺：你是一個我，
你是一個伊莉莎白，
你是他們之一。
你為什麼也是？
我幾乎不敢去看
看我究竟是什麼。

——伊莉莎白．畢肖普〈候診室〉

愛動物的人

亞歷山大·麥克勞德

目次

ANIMAL PERSON

ALEXANDER MACLEOD

愛動物的人

亞歷山大·麥克勞德

兔形目

LAGOMORPH

有些晚上，兔子和我都在地板上，正拿他的玩具胡蘿蔔玩拔河，他會突然靜止不動，彷彿終於來到了一個重大的突破點。他會看著我，微微一變，快速的瞥視穩定下來，變成牢牢的瞪視。他這個樣子讓我迴避不了，我也只能回視。他有這種白化症眼睛，外環一圈不鮮亮的充血粉紅色，中間一層雪泥似的灰色，再過來就是中央的深紅色。我也說不上來，可有時他像這樣子欺近我，而我凝視著這些個大圈小圈，我會迷失，我會感覺我正在一個異樣的太陽系裡墜落，那裡迷失的軌道繞著一個瓦解的、燃燒的太陽運轉。

我們的兔子——現在算是我的兔子了——他跟我被裹在某個我不完全明白的什麼裡。即使在我以為我讀懂了他的時候，我也知道他同時在讀我——

而且做得比我好——接收了我所有下意識的線索，甚至是連我自己也不明白我在發送的最幽微的訊號。這種你來我往，很複雜。說不定我們最近是太常在一起了。說不定是我花太多時間思索兔子了。

以兔子這個物種來說，我告訴你，牠們是反覆無常，冥頑不靈的生物，執迷不悟又陰晴不定，脾氣很大，完全無法預測，神祕難解。而且也安靜得讓人發毛。不過牠們卻是有趣的同伴。你只需要有耐性，密切注意，並且努力找出牠們最微不足道的動作可能代表什麼意義。有時很明顯。如果兔子愛你，或是牠覺得你是人渣，你立馬就會知道，但是在這兩個極端之間有很大的空間——其他的一切都介於其中——而你怎麼也不能確定你在兔子的心裡是站在哪裡的。你可能會看著一隻極其沮喪的動物，一個痛苦的傢伙，或是，差不多也同樣容易，你可能跟宇宙中另一個無聊的東西分享你的人生，一隻十足舒服自在的兔寶寶，巴不得你到別的房間去。

大多數時候，這一切都不重要。我們各過各的日子，唯一固定的交談是少有的幾次理毛，我會好好幫他抓抓兩耳之間，深入到他自己抓不到的地方，而他的回報是舔我的手指或我的手背，或是舔掉我臉上的鹽。

但是今天不同。今天我們跨越到全新的、更險峻的領域了，而且，可能只是接下來的五分鐘，我們需要更妥當、更可靠的連結。而要能如此，他就必須做出他從沒做過的事：違背他自己的天性，發出至少一聲清晰的聲響，而且聲響之下的目的也必須清晰可辨。我需要這隻兔子找到語詞，或是可以代表語詞的東西。我需要他說話，就是現在，並且具體地告訴我是怎麼回事。

在往下說之前，我必須鄭重聲明我從不自認為是個愛動物的人。我也不是來自什麼寵物世家，從不覺得我們正在扶養的家人還需要更多的生命在其中穿梭，尤其不是那種碎步快跑的生命，爪子在硬木地板上敲得嗒嗒響的。

你需要了解的是——這大概就是最後的決定性因素吧——我太太莎拉對

貓極度過敏，至少曾經是。我的意思是她曾經是我太太，後來變成我的夥伴。就跟大家一樣，我們隨時代演進，等到新詞彙出現——可能是我們在真正的教堂婚禮上結褵之後十年——我們很開心有了這種說法。我們感覺用「夥伴關係」來形容我們的狀況更妥貼、更精準，而且坦白說，我們始終都沒法真正知道能怎麼樣當全天候的太太或是先生。

不過我不確定你可能會用哪個字眼來形容我們現在的情況。「不傷感情的分居，」也許吧，「給各自喘息的空間，」但是並沒有離婚，還不到那個地步。還沒動用到司法系統。莎拉跟我不是前伴侶。我們照樣幾乎每天通電話，也盡量吸收其他人的新聞，但是已經一年多過去了，我還沒去過她在多倫多的新家，那間三十四樓的公寓。

不過我想像得出她在那裡的樣子，過著週六早晨的例行作息。很可能就跟以前差不多。我看見她從一個房間走進另一個房間，一手拿著本雜誌或是她的手機，另一手端著茶。她從一扇高窗往外看，可能是在沉思交通情況。

我不知道。真的，她可能在跟任何人做任何事。每一種可能都供她選擇，就跟我一樣，而只有一些事情是沒得商量的。像是過敏。除非是有什麼我不知道的醫療過程，否則的話她無論在哪裡，無論在做什麼，莎拉都，幾乎百分之百，還是對貓過敏。她的情況是必須就醫的等級，需要用到注射筆那麼嚴重，所以養貓從來就不是我們可以選擇的事。那麼換成狗吧，一隻狗每天的戶外需求——散步，拋接球，掉毛，流口水，公園裡的狗便袋——太多了，太公開了，對我來說。

要是我們像剛開始那樣，要是一路走來只有我們兩個人，我覺得我們也許能夠就這麼一直過下去，什麼事也不會發生。問題是我們的孩子，三個，介於七到十三歲，全都擠在家裡。現在他們都還只是孩子，現在正是他們要蛻變成大人的前一刻。

回顧過去，我看出這是我們在一起的強度頂點，比孩子出生後無眠無休的夜晚或是如廁訓練的時期都還要狂野，我不知道我們是如何能夠只憑著粗暴的忍耐熬過這麼多年的。可能是某種自動的機制，是冥冥之中的各種力量在我們身上揮發的自然結果。我們就像是一個複雜的雨林生態系，長滿了糾纏的卷鬚，生命繁茂茁壯，還有冒著熱氣的潮濕腐朽物。其間的平衡錯綜複雜，精確無比，而我們徹底融入了彼此的生命之中，融成了空前絕後的一體。

孩子們不停地請求，而我們最後也只能讓步。所有的朋友都有動物，所有的鄰居和親戚。有迷你臘腸狗，有兩隻眼睛不同色的哈士奇幼犬，有無毛的純種貓。感覺就像這種生物你是迴避不了的。

我們從基礎的水族箱開始，一個廉價的水槽在我們的客廳冒了大約一個月的氣泡，而我們在水槽裡溺死了十二條魚。之後，短暫討論過其他可能，但是到頭來，兔子似乎是我們的最佳選項，打開了哺乳動物王國的大門。總比養鳥或是蜥蜴要好，我們都這麼覺得，更有個性，更有互動。

「或許兔子差不多就像一隻貓。」我記得我是這麼說的。

我們是在奇集集（Kijiji）廣告上看到的——「給兔子一個家」——而那個他

的阿卡迪亞前飼主最後免費將他送給了我們。

我到他家去拜訪他鋪了地毯的地下室，學習一切吃喝拉撒住的知識。

「我們有什麼特別需要做的事情嗎？」我問道。「我們沒有經驗。」

「只要別把他吃了就行，」那人說。「兔子就在那兒，知道吧，在那條線上。」他做了個劈手刀的動作，一隻手從空中劃過。「你不是想跟他們做朋友，就是想宰了他們當晚餐吃。今天已經有另外兩個人來了，要是你也跟那些王八蛋一樣，我就要把廣告撤掉了。我從他們的眼睛看得出來，那兩個傢伙。我就是看得出來。他們會把他帶回家，大概會把他拿去燉，做紅燒兔子，就跟我奶奶以前一樣，知道吧？很難看著他們，我跟你說，在有人當著你的面睜眼說瞎話的時候。」

我問他從我的眼裡看見了什麼。他哈哈笑，以手指敲太陽穴。「我什麼也看不出來，」他說。「我們也只能用猜的，對吧？誰能肯定這裡頭在想些什麼呢。不過我呢，現在是怎麼看你的？我，我在猜你不是會殺了我們的岡瑟的那種人。」

「岡瑟？」

他蹲下來說了三遍這個名字，說得很快，同時發出打舌聲。

兔子從沙發底下飛奔而出，跑向這個人，伸展身體讓他抓兩耳之間。

「他知道他的名字？」

「當然知道。每個人不都知道自己的名字嗎？」

「那我們可以改名嗎？」

「你想怎麼樣都行，朋友。離開這裡之後他就是你的兔子了。可如果你想讓他知道你是在跟他說話，那你最好是用他習慣的名字叫他。」

我伸出手，岡瑟聞了聞我的指頭，快速舔了一下。那時他的舌頭讓我感覺好陌生，那麼長、那麼乾。兔子的舌頭非常長，非常乾。

那人微笑。

「這是好兆頭，」他說。「通常不會這樣。岡瑟，他通常在陌生人的面前很害羞，通常他得要花點時間才能做決定。」
兔子把小腦袋往我的小腿上蹭，用我的脛骨來給他頭上的某一處抓癢。
我感覺到變化來了。
「那麼我們就成交了？」那人說。
「應該是吧，」我說。然後我們握手。
「你保證不會宰了他？」他半說笑道。
「對，」我說，同時搖頭。實在是太荒謬了。
「那也許你可以鄭重地跟我說一遍，現在？」
這一次不是開玩笑。他認真地看著我，我也看回去。他還沒放開我的手，我們站在那兒，我感覺到他在我的手指上施加了額外的力道，把我的指關節都握在一起。
「我保證我不會殺掉岡瑟。」
「非常好，」那人說，露出笑容，隨即聳聳肩。「至少，這樣子對我算是夠好了。」

大約三週之後莎拉跟我開始討論要給他安樂死。

「這樣子不行，」她說。「對吧？我們都看得出來。無論怎麼樣——賣掉他，或是送去收容所之類的，我不在乎——反正不能像現在這樣了。沒關係，就承認是我們犯了個錯。」

孩子們早已沒了興趣，那個小箱子也很噁心。我們用的是較便宜的墊子，而岡瑟很討厭它。頭兩天他就扯爛了兩本圖書館借來的書，嚼穿了六條電線卻沒被電到。他還感染了不知什麼，是他搬來時發生的，可能是被我們傳染了，可是他的樣子真的夠恐怖的。他眼睛下方的毛皮有濃稠的黃色黏液，兩隻眼睛的淚管都腫成綠色和紅色。他幾乎不吃東西，而且兔子糞便本來應該是容易清理的乾燥顆粒，他卻大小便失禁。差不多有一週，我們的白色沙發，我們現在仍在用的、我和岡瑟看電視時仍在坐的沙發，到處都是兔子腹瀉的殘跡。

連我也變了。我的呼吸開始改變，一種近似氣喘的病症在我胸腔裡的黏膜發展了起來。我感覺到肺葉裡有這種濕潤的疼痛——像是身體中央有一大塊瘀傷——而且我開始在晨間上下樓梯困難。我們還不清楚肇因，也無法斷言跟岡瑟有直接的關係。醫生說還有其他可能的解釋——成年遲發性疾病，在身體中潛伏幾十年之後才發作。不過我有自己的哮鳴推論，而我滿肯定這隻兔子跟我是命中犯沖的。

我們把他帶去找獸醫，他卻一點忙也幫不上。

獸醫把岡瑟按在不鏽鋼檢查台上，拿光照他的眼睛和耳朵，四處觸摸，摸遍了岡瑟的全身上下。全程不到十分鐘。然後他把紫色手套剝掉，丟進了無菌垃圾桶裡。

「嗯，」他說，「我就有話直說了。」他朝門口歪歪頭。門外的候診室裡起碼還有十個人，全都握著牽繩和點心，帶著他們摯愛的寵物。「我想你們也看出來了，我們這裡主要是治療犬貓的。你們知道我的意思吧？那是我們百分之九十五的業務。恐怕我們對稀有寵物的經驗並不多。」

「稀有寵物？」我說。「嗄，兔子現在成了稀有寵物了嗎？」

「是對我而言。我的意思是：我已經做過了基本收費的檢查，下一步就是照X光和進一步的診斷，而我覺得你們不會想要。至少不會想給兔子做那些檢查。至少不是一隻還沒結紮的兔子。」

在那一刻，事情幾乎就這麼定了。岡瑟差一點就是我們過去的一頁了。新的未來，新的開始，就在眼前了。

「這樣吧，」他說。「我離開一會兒，也許你們能用一點時間想想你們打算如何道別。等我回來，如果你們沒有異議，我會給他一點鎮定劑讓他睡著。然後我們再弄好靜脈注射，看你們決定幾時要用藥再用。他會走得很平靜，沒有痛苦。要是他不吃不喝又看不見，又算得上什麼生活品質呢？」

他離開房間時，我看著他的面部表情改變，從嚴肅的生死模式換成了給他的常客看的愉悅歡欣的半年體檢臉孔。

我轉向莎拉，但是她已經在收拾東西，要把岡瑟帶回家了。

「混帳王八蛋，」她跟我說。

我微笑點頭。我老婆可不喜歡聽別人指揮。

我們把岡瑟帶回了家，她去上網查詢。她找到了一個住在鄉下的女人，人很親切，卻務實嚴肅。她是真正的農場獸醫——照顧牛群、大豬，甚至是賽馬——她很少治療寵物，但是她賣給了我們我們需要的抗生素，要價二十五元，而且她仔細地指示我們如何投藥。牙齒也有問題，她說。嚴重的牙齒過度生長，在岡瑟的口腔裡彎曲，每次咀嚼都會割到。感染就是從他的口腔開始的。另外那個獸醫根本連看都沒看他的口腔。

「目前的情況不太好，」獸醫說。「我也不打算去碰，不過等藥物生效，感染減輕之後，你們就得把他的牙剪短。」

這些事真的都在我們身上發生了，在莎拉跟我身上。整整一週，我們拿針筒給岡瑟餵食。我們用我們的食物調理機攪拌噁心的甘藍菜泥，摻進他的藥。然後我把兔子蠕動個不停的身體拿毛巾包住，把他抱在胸前，把他的四條腿都牢牢夾住。他也掉毛，有時是厚厚的一團，有時是半透明的毛飄過房間，而且，不用說，深深地入侵了我自己的身體。莎拉掰開他的嘴巴，把一管又一管的綠色菜泥餵進去。他想吐出來，但還是吃下了大部分，其他的則從下巴滴出來，稍後會在他的毛裡凝結成厚厚的綠色顆粒。

但是藥物有了效果，一週之後他的力氣恢復了，莎拉跟我就調換職務，遵照醫囑。莎拉用毛巾裹著他抱住，我拿著全新的鋼絲鉗——專門為了這項任務購買的，而且還消毒殺菌過——把岡瑟的牙齦扳開。

一眼就看到了。當情況幾乎徹底不對的時候，誰都能輕易看出來。他的兩隻大門牙是黃褐色的，像是迷你公羊的角，向內捲曲，幾乎成了一個圓圈，裡頭有一條黑線，很像是有一條血管在流動。我努力想像如果不是這樣的話應該是什麼樣子，我努力回想正常的兔子牙齒是什麼樣子，儘管我之前從來沒見過兔子牙齒。

然後我下手了。我選中一點，用鉗子尖端對準。岡瑟氣壞了，鼻子用力噴氣。莎拉幾乎抱不住他，但即使是在那危險的關頭，他除了發出一聲咳嗽之外也沒有餘力反抗。

「快！」她說。「現在就動手。快點。」

我拿鉗子夾住了牙齒，瞬間出力，但是牙齒比我預期中軟太多了。啪一聲，一段一吋半長的牙齒就飛了出去。從另一顆牙夾下來的第二塊稍微長一些，幾乎被他吞下去，幸好我用指尖把它摳了出來。我把手伸進伸出岡瑟的嘴巴，不過終於弄好了，莎拉放開了他，他逃進了床底下。

我們並肩站在那裡，莎拉拿著弄髒的毛巾——岡瑟屎尿齊下——而我握著鉗子，地上則掉落著一塊塊的兔子牙。我從她的眉毛上摘掉一片兔毛，我記得她放下了毛巾，掌心在襯衫前襟擦了擦，然後又擦在我的襯衫上。

「跟我想的不一樣，」她說。

「我也是，」我說。

岡瑟在床底下文風不動。如果有陌生人走入房間，他壓根就不會知道床底下有兔子，而我們兩個都看不出他在床底下是痛苦難當呢，或是覺得解脫了。

「現在該怎麼辦？」我問道。

「不知道，」她說。「我看只有等了。」

結果就和預料中一樣。藥物發揮了功效，牙齒修好了，岡瑟也恢復了正常的飲食，回頭吃新鮮的提摩西草。最後他的便便變硬了，眼睛也清澈了。就連孩子也回來寵他了。他們一起玩遊戲，把他的胡蘿蔔丟過房間讓他去撿，而且他們建立了一個相當有趣的鬥牛模式。只要朝他揮舞擦碗毛巾，喊著「托羅！托羅！托羅！」，岡瑟就會從對面衝過來，在毛巾下又蹦又跳。用塑膠杯搭成金字塔也可以。每次金字塔一搭好，他就會橫衝直撞，堅定有力。

真正快樂的兔子會瘋狂地撒歡跳躍，整個身體撲向天空，高度遠超過你的想像。他們會以怪異的角度扭轉，四條腿同時踢動。就像是你在復活教會看到信徒被聖靈感動得無法控制四肢，欣喜若狂地抽搐似的。岡瑟在鬥牛遊戲或是撞破塑膠杯金字塔之後常常就會這樣。那種跳躍叫兔子舞，真的，真的有這個專有名詞：兔子舞(binky)。

誰也說不準，不過我覺得是在我們在獸醫診所的決定以及修剪牙齒以及其他一切事情的結局之間的模糊瞬間，岡瑟的生活嵌入了我們的生活，而我們大家也差不多有了了悟。他退入了我們的生存背景深處，在日常的序列中占住了他的位置。照顧他變成了一套固定的工作。每週都換一個人來給他清理他的窩，用吸塵器打掃房間，確保他的水盆和食盆都裝得滿滿的。出力的人會有零用錢，而岡瑟正式變成了家務事的一環，類似拿出洗碗機中的杯盤或是倒垃圾。如果有其他的事情，什麼緊急事件，需要我們處理——那年莎拉的父親生病過世，或是我被資遣了八個月，或是那年春天我們又得貸款修理屋頂、重裝煙囪、換掉所有的排水槽——我差不多都忘了岡瑟的存在。雖然我們分享共同的空間，而他的存在害我最後必須固定使用吸入器，噴藥器也變成全自動的，我還是可能一整個星期過去卻沒有真的看到他。我們幾乎沒有接觸，麵包車好像老是在我們的車道上跑，它的滑動門敞開，張著大口等著最快速的裝卸，像軍用直升機。莎拉跟我會一步跨過前門門檻，拍著手大喊：「走了！走了！走了！」

急急忙忙鑽進車門，再在車流中進進出出。每一週的每日每夜總會有別的活動。鋼琴課、游泳課、足球練習、音樂會、學校開會。為了多點時間陪孩子，莎拉當起了女童軍隊長，她學會了一切的守則，拿到了制服，而我們也賣了一盒又一盒的餅乾。我在男生的足球隊當了五年的教練，雖然一開始我對足球是徹底的門外漢。

還有午餐。莎拉跟我為那幾個我們帶到世上來的挑剔又不知感恩的傢伙準備了幾千份的餐點。每次我切掉吐司邊做三明治，或是允許某個孩子退回原封不動卻精心準備的一盒保鮮盒裝黃瓜片加田園沙拉醬，我都忍不住懷疑我是在愛她或是慣壞她。

扯著嗓門大喊，險些就錯過了轉角的七點半頭班校車以及七點四十五的第二班校車。然後淋浴梳頭，換上像樣的衣服去上班，處理工作上碰到的每一個笨蛋。還有每一個笨蛋說的蠢話，做的蠢事。

每天早晨，早晨總在我們睡下之後五、六個鐘頭就來了。每天早晨當莎拉跟我再睜開眼睛，我們都已經遲到了，已經落後了。

「今天星期幾？」我會這麼問，而她看著我，眨眨眼，瞪著我，像不認識我。然後她轉過頭，或是盯著天花板，彷彿在看螢幕，彷彿這裡是牙醫診所，而上方有跑馬燈。

「星期三，」她會說。「星期三是披薩日。不用做午餐。可是有小提琴課，還有放學後的活動——要開會，我們應該要去，是什麼整理遊戲場的事——有人得去露個面。然後，開完會以後有時間的話，拜託，剪頭髮。拜託。這個家裡的每一個人都需要剪頭髮。」

「好。」

「我不是在開玩笑，」她說。「你需要剪頭髮。你的樣子像遊民。」

我記得有一次，可能是五年前吧——是在莎拉公司一位女士的退休派對上——我們趁著他們說歡送詞時偷溜出去，在麵包車上做愛，就在那兒，後背體位，在第三排可收疊的椅子上。很荒唐，卻也是絕對正確的事。後座裡有冰棒棍和食品包裝紙，耳機和樂高，甚至還有一隻失蹤許久的慢跑鞋，我們很高興找到了它。莎拉得意地高舉著鞋子，另一隻手忙著解開褲子的鈕釦。「終於！」她說。「回家的時候提醒我，免得我忘了。」其他車輛就只停在路邊街燈下，也沒有路過的行人從我們微暗的車窗偷窺。我們在麵包車裡笨手笨腳的，又趕時間，但是我們達到了目的，而且還來得及回去吃蛋糕，儀容全部整理得當。

我不知道之後我們是怎麼了。並沒有哪個特別的事件，沒有戲劇性的爆發，沒有別的人物進入我們的生活。我想我們就只是日子久了拖垮了——一點一點的，無可避免的——而有一天我們兩個都決定夠了，該翻開新的篇章了。一定還有別的因素，內在的什麼拉扯，或是外在的什麼訊號，才讓我們不得不走上這條路，不過我不確定。也許我們真的把彼此身體的各種可能都過膩了。

但是莎拉跟我：我們扎扎實實地跑過這一程，而且我覺得我們的成績滿不錯的。三個孩子可不是什麼小事，而且我們背負著這些人——我們把他們從分娩室裡抱到托兒所，再到學校，扛著他們過完每一個暑假，一路到我們在他們的高中畢業典禮那晚舉辦的盛大晚宴。然後，一個接一個，他們永遠離開了家，我們這一家人再也不同住在一個屋簷下了。兩個去不同的城市上大學，一個搬到城對面去和男友同居，開始在電話服務中心工作。

他們離家之後，我們又是兩個人了。住在一起，卻各自為政，只有岡瑟留了下來。這樣的改變超過了我們的預期。現在空間變得太多，我們用從前老是不見的東西來填補。雖然家裡沒有別人了，我們還是老是擋路。我感覺屋子裡的空氣又變濃濁了，但現在更糟，彷彿一種透明的污泥被緩緩倒入我們生活中的每一處縫隙。我們每天都得要跋涉而過，每次的交會都辛苦得超過必要。我們兩個都再也不看對方的電視節目，而且我們吵架，真正的爭吵，為了誰有權力決定天花板的燈是該打開或是關掉。我不喜歡她咀嚼的模樣，不喜歡她沒完沒了在別人背後嚼舌根，不喜歡她的自私。而她不喜歡我蓋筆蓋的動作，不喜歡我老是打亂她的計畫，不喜歡我總是虎頭蛇尾。我們兩個沒辦法喝同一罐罐頭湯。

調職的機會來得正好。是真正的升遷，全國等級的職位——薪水更多，正經八百的工作，終於——是莎拉渴望多年的東西。她不能就這麼白白放過。「像這樣的機會，」她說，而我們都知道。

之後，我們開始討論，起初態度冷靜，談「做個改變」或是執行「新計畫」。我們分條析理，冷靜嚴肅，帶著傷感，然後就決定了。是這份工作開的頭，但是我們都知道不僅如此，我們也清楚地跟孩子們解釋這一點。我們需要新的一頁，不再假裝了，不再迴避真相了。

「我們只要你們兩個開心，」我們的長女說，而這句話卡在我的耳朵裡，因為我老以為這是父母對孩子說的話，而不是反過來。

我們又多扮了四個月的戲——從最後一個學校放假的九月到最後一個團圓的聖誕節——接著我們在一月的第三週打了電話。就跟大家一樣，我們想在流言開始之前度過耶誕節。這樣子既文明又透明公開，甚至是客氣體貼。

我開車送她到機場，我們真的親吻了，真的哭了，在專門為吻別和哭泣保留的停車位上。

「我們只是該怎麼樣就怎麼樣，」她跟我說。

我有時看著岡瑟會想他算不算是典型——他跟他的同類，那些在世界上生存的兔形目，是一樣還是不一樣。我在想他有沒有見過別的兔子，還是他以為我可能也是一隻兔子。他們是一個晚成的物種——這又是一個我新學會的詞彙——出生時既瞎又聾，毫無防衛能力，所以他不會記得他的手足或是他的母親，沒有聲或色可以從生命的第一階段延續下去。如果生存過程中有一個時刻少了別人定時的干預你就活不下去——如果你就像剛剛破殼而出的雛鳥——那你就是晚成的。岡瑟出生時，他會是一團無毛的三吋長肉球，一根蠕動個不停的粉紅色管子，幾乎就只是一張嘴和透過皮膚就可看見的脆弱循環系統。同一窩裡可能還有八、九隻。說不定他對他們還留存著模糊的感覺，其他兔子的觸感，那些攢動的身體互相推擠取暖。這又是另一個我喜歡的詞：攢動。你用到的機會微乎其微。

相關的資料還有很多。我在網路上瀏覽過圖片，讀過文章，看過圖表，是那些帶著我們深入到地洞裡看真實情況的地圖，深入到兔子窩，進入他們在那裡建立的複雜社會，在我們所住之處的三呎之下。最大最複雜的殖民地曲折迂迴，有長達數百米的坑道和急轉彎，沒有一隻掠食動物能不迷路。兔子完全靠本能驅使，挖出黑暗的迷宮，打造出他們真正的出入路線，所以他們才能奔跑在一串假的死巷和開口旁邊。然後他們弄出幾十個不同的入口和逃生口，有的真，有的假。他們的策略令人佩服，而這種等級的欺敵術，如此進步的詭謀，是內建在偉大的自然計畫中的。

儘管如此，在野地的兔子壽命只有一年，有的兩年。不到十分之一的兔子能看到第二個夏季或冬季。我想兔子就是為了死亡才出生的，每三十一天就會有新的一代。但是岡瑟卻不是如此。他現在起碼有十五歲了，我認為這讓他成了世界史上一個幾乎是獨一無二的有機體。從現在開始，他的每一個經驗都會是史無前例的。

今天我決定要給他來點新玩意。他一直是隻室內寵物——一隻家兔——但是今天早上我帶他出門了。院子已經好一陣子沒整理，不動手不行了。我不認為他會逃走——我們的籬笆是插進土裡的——但是有的空隙夠大，而我想給他選擇的機會。

我把他放到草皮上，好好搔了一頓他的兩耳之間。

「去吧，」我說，張開了雙臂，像是把院子送給他。「都是你的。」

他抬頭瞪著我，沒有我預期中的熱忱，然後他只是低下頭，咬了一嘴的新鮮三葉草，咀嚼開來。他隨性轉身，蹦了幾呎，去聞後門廊基座，附近就是我們放堆肥箱和澆花水管的地方。他似乎並不急著要到什麼地方去。

我轉過身朝棚屋走去，轉動數字鎖，打開了門，推出我們蒙塵的割草機。我抓起鐵剪和樹籬剪和那把有長方形尖齒的牢固的舊耙子。我推出獨輪車。有半小時的功夫，我刻意不回頭去看我把岡瑟放下的地方。我想要隨他去，給他一個自己探索的機會。

過去有太多這樣的春天週六，太多的日子被清單填滿，需要做的事，需要整理的東西。我把枯死的冬葉耙成一堆，掀開護根，修短玫瑰叢以及莎拉以前種的多年生植物。我盡量去回想她跟我說的一切，什麼剪刀的角度要對，剪掉的地方才會再長回來，而且還長得對。我們的目標一直都是枝繁葉茂。我們要後院裡的植物生氣盎然，繁花似錦。我觸摸每一處樹枝或是莖幹的分叉，停下來思索該怎麼剪。然後我點啊點叮咚，隨便選了一邊剪掉，讓另一邊生長。

我轉身轉得及時。大概是有什麼聲響，比較像是空氣中有什麼震動，不過應該也不夠大。我不知道是什麼原因讓我回頭。其實只是一聲嘆息，一種咕嚕嚕的吐氣，像我自己的肺在最衰弱時發出的咻咻聲，只是更淺促些。

我看見的事，我的眼睛鎖定的事，在自然的世界中應該是再正常不過的吧。但同時，對我來說，卻很是震驚，徹底陌生，令人不安。一條蛇，既粗又長，超出了我相信可以躲在我們門廊下的動物尺寸，捲住了岡瑟的身體。這一幕已幾乎結束，而一切已歸於寂靜。岡瑟伸長了整個身體，而他發出的聲響，那種震動，是從他的身體被擠出來的最後一口氣。蛇纏住了他四五圈，他們的頭，岡瑟的跟蛇的，碰在一起。乍看之下幾乎像是他們在凝視彼此的眼睛。他們的尾巴也幾乎是平行的，但是在其中——在蛇身底下以及在對稱之內——是岡瑟扭曲變形的身體，他的脖子似乎被扭向了跟他的前爪相反的方向。我覺得他的骨頭一定已經都碎了。

我查過——我一回屋子裡立馬就上網調查——而我現在知道了這另外一種生物，曾住在我家門廊下的那個東西，是一條鼠蛇，無毒，是這一帶的原生種，可能比我的紐西蘭兔還要本土。我查到鼠蛇，或稱玉米蛇，是極好的寵物，對孩子溫和，可以帶到學校去做爬蟲類教學。孩子們很喜歡讓牠纏住四肢，那種既乾又濕的感覺。我後院裡的那條鼠蛇並沒有錯，並沒有做什麼壞事，只是占住了牠被分派的位置，遵循本能的模式，牠既不能選擇也無力改變。岡瑟也是在他應該在的地方吧。而在這件事發生時，我是唯一脫序的那一個，可是我卻阻止不了自己行動。

「不，」我說，朝牠們跨了四、五步，然後伸出手，抓住了這個既陌生又憤怒的玩意，握在手裡。我不認為我以後還會再摸到這種東西，牠不重，牠們兩個合起來也沒有一袋雜貨重。我用左手抓著，右手去抓蛇的頭部下方，想把牠扯開，把岡瑟扒出來，分開二者。蛇幾乎是立刻就轉而對付我，放開了岡瑟，纏住了我的胳臂。我把蛇和兔一塊摔到地上。岡瑟落地後動也不動，但是蛇卻立刻往枯葉堆裡鑽，同時向側面與前方滑行。

想走？沒那麼容易。我一把抓起耙子就跟了上去，一看到機會，就使盡吃奶的力氣揮出了耙子，在肩膀上方劃出一個圓弧，劃破天空，耙子的一根尖齒，也許是兩根吧，刺穿了蛇身近中段的地方，我感覺到阻力。耙子整個刺了進去，再插入土裡。蛇的兩頭，首和尾，仍動個不停，狂野地之字型移動，但是中段被釘死在地上。我走向蛇頭，等待著，盯著牠擺動。接著我看準了時機，拿腳跟去踩。我只穿著慢跑鞋，但是我慢慢地踩下去，直接加壓，我感覺到骨頭碎裂，有液體流出。可能就像是踩到一個柳橙吧。但十五秒後，擺動停止了，先是蛇的上半部，再來是下半部。我回頭去到幾秒鐘前站的地方，心裡做了最壞的打算——萎頓的一團白，沒有呼吸——但是不在那兒。岡瑟竟然是在他落地的側面兩呎左右，已經站了起來，至少是部分又膨脹了，恢復了他平常的圓滾體型。他現在靜止不動，兔子的那種靜止模樣，而且他正看著我，用力瞪著這一幕。

我看著他，再看著那條蛇，從頭到尾，伸展的長度。牠做的事以及我做的事。我不知道有什麼意義。我不知道有什麼是可以自圓其說的而什麼則否。

我只知道發生了什麼，而最終我得回到這裡，回到這一點，清理善後。我走向岡瑟，儘可能溫柔地抱起了他，但是他毫無反應。他只是我手心裡的一個軟軟的物件，幾乎像一隻填充玩偶，像孩子的玩具，用來頂替真正的兔子，或是兔子所代表的意涵。我把他帶進屋裡，回到我們的家，而現在我們就在裡頭，我把他放在沙發上，跪在他面前。我撫摸他的全身，就像多年前那個漠不關心的獸醫，但是我也跟他一樣，摸不到任何不對勁的地方，看不出是否有哪裡出狀況，他的體內是否有哪裡破裂。

電話響了，是莎拉。她住的城市比這裡早一個小時，一時間，我沒搞清楚時差，而我想到這些事在她那兒都還沒發生。

「你今天好嗎？」她說。

語調輕快安逸親密。不出錯的話，我們可以回到從前的樣子。她只是想聊天，在空無一事的週六早晨打發時間。電話的兩頭都很安靜，我可以確定我們都是獨自一人，至少暫時是。

「嗯，」我說。很難找出妥當的說法。「岡瑟剛才出了點狀況。」

「不，」她說，而變化立刻就來了，她的聲音因為驚慌而尖銳了一些。「什麼狀況？」她問道。「很糟糕嗎？我剛剛才想到他，還在想你們兩個怎麼樣。他不會有事吧？你沒事吧？」

「是一條蛇，」我說，想要儘量長話短說。「妳相信嗎？一條真正的蛇，滿大的，在我們的院子裡，差一點就殺了他，不過他逃過一劫。我只是不確定他現在是怎麼回事，他可能是嚇得靈魂出竅了。」

我以舌頭發出嗒嗒聲，叫了岡瑟的名字，這兩個字曾經對我是那麼的陌生。我等著他過來，卻一點動靜也沒有。

電話緊貼著我的耳朵，莎拉的呼吸聲吹進我的耳裡。「從頭到尾說一遍，」她指示道。「再告訴我他現在是什麼樣子。儘量解釋清楚。我需要細節。我們可能需要打給什麼人。」

「他好像很警惕，」我說，「可是他動也不動。」

我伸出食指去撫摸他的鼻梁，感覺到他微微回推，設法用他的身體來迎合我的皮膚。

我看著這個動作發生，幾乎像是慢動作的大特寫畫面，是我身在其中同時也在觀看的一幅圖畫——我的手指在他的鼻子上，他的鼻子貼著我的手指。時間暫停，什麼也沒發生。什麼也沒發生，什麼也沒發生，但是卻持續太久，間隔拉得太開。我忘了時間。

莎拉打破了寂靜。

「大衛！」她大喊。「大衛，你還在嗎？」

我的名字嚇了我一跳，像是另一個房間傳來的古怪噪音，像是砸碎了什麼東西。起先我不知道如何回應，但在我有所行動之前，岡瑟轉了頭，既有力又敏捷，兩隻耳朵都對準了我和電話。他認出了莎拉的聲音，唯有她能發出的聲響——從這個塑膠話筒發出的叫聲，傳了出來。他的表情，他的臉形，他歪頭的模樣，重新排列組合成我從未見過的狀態，鬆弛無力卻又痛徹心扉，一點也不正常。但是他的呼吸平穩有力。我覺得他需要我，好像我是唯一能幫他度過這一關的人。

「我在，」我對著電話說，「可是我現在沒辦法講話，我要掛了。」

我掛上電話，瞪著岡瑟，看見了自己倒映在他眼睛的紅色中心裡。他的眼珠表面似乎比正常要混濁，我不認為他能夠再理解發生的事，這種光和頻率的朦朧混合包圍著我們，熟悉又怪異。我知道他仍然認得我——他仍然認得我們——我設法看進我的倒映的後面。我想像著直接穿過他眼睛的薄膜和晶狀體，順著神經一路進入他的大腦。我想著我們共度的過去，我們的生活，仍然在那裡，在他的記憶裡。在這隻史上最老的兔子的心裡，我們是一個單一的念頭——生動、迫切、分明——但一閃即逝，而餘下的則是另一回事。

死者要的

THE DEAD WANT

她不會有感覺。

他們說來說去還是這一句。每一通電話都會有人說出這一句，而電話另一端的人不得不附和。她不會有感覺。她不會有感覺。這是頭六個小時的合唱，的副歌。

「最起碼」——喬看著他母親對著電話重複——「最、最起碼，我們可以慶幸這一點。不到一秒鐘就結束了。」

他們幾乎等上了一整天才等到所有細節塵埃落定，等到真正的經過傳到他們的耳裡，隔了三個省。男朋友沒事。你能想像嗎——男朋友幾乎毫髮無傷，大難不死。可是碧翠絲現在卻完了，從他的全地形越野車（ATV）後座被拋飛了出去，人就這麼沒了。碧兒：二十歲，人生就結束了。而他們沒有一個，這一邊沒有一個，見過那個男的。

有人辦了派對，週五晚上在樹林裡的營火趴，他們兩個跟一票人騎車回家，半夜三點在一條改造過的鐵路上飆車。他繞過轉角時撞上了鐵道上一處極深的車轍還是石頭還是樹樁，就是那些常見的東西。然後就偏離了方向。他飛向另一邊，從護堤上滾下去，仍然死死抓著把手，而她則飛向另一個方向，以時速三十五哩的速度直接撞上一棵樹的樹幹。

必須有人做出一些決定，而要連續說話十五分鐘不被打斷卻是很困難的。每一通電話說到一半就會有嗶聲響起，表示有插撥，線路就會死寂個一秒後再恢復，但是這短短的一秒就足夠了。他們知道計畫已經改變了，而他們可能應該暫時不要再講電話，先等待新的指示發佈再說。

他父親會飛回家去，他們只能確定這一點。他的父親會搭下一班飛機，儘快趕回去。回到新斯科舍省和老家，他長大成人的那棟屋子，目前是他哥哥所有的屋子。「回到一切，」他的母親說，然後嘴唇抿得死緊。其他人會連夜開車回去，然後所有人會在另一頭會合。

「喬晚上開車也沒事的，」他父親說，而喬點頭同意。然後他爸在十秒鐘內說完了計畫，彷彿動動嘴巴就能執行似的。「你在過去的路上先轉到庫代奈治，到老人之家去載貝絲和蕾吉娜，回來的時候再把她們送回去。」

「好。」

「不過你在跟她們說的時候一定要讓她們知道中途不停車，好嗎？不上館子不住旅館。加油尿尿，就這樣。一定要讓她們知道。」

他的聲音中有抖音，好像已經筋疲力盡了，好像他已經一路南下又一路回來了。喬看著他，他的父親，將近五十歲了：頭頂掉髮，兩鬢飛霜，臉部臃腫。他一點也不像剛開始職業生涯的人。

「會很擠，不過要是車子裝得下，我們可以把我們的人全都帶過去，只花上兩百塊而不是兩千塊。回程我們甚至還可以平均分攤。」

他們站在那兒，三個人在地下室裡，把內衣襪子從烘乾機裡拉出來，塞進袋子裡。他母親要他試穿他的深藍色套裝外套，他上次穿是一年前參加曲棍球慶功宴，而他能感覺到肩膀很繃。她用鼻子貼在他的腋下嗅了嗅。

「行，」她說。「沒時間去乾洗了，你得站這麼近才看得到污漬。」

每個人都有自己的必做事項。機票貴得簡直不成體統，而且加拿大航空仍在要求死亡證明書的公證影本。

「對，我了解有規定，」他父親說，一邊搖頭一邊把電話緊緊貼在耳朵上。「我會想辦法。」

喬有一篇論文需要申請延後繳交，還得找人幫他代上娛樂中心的班。他母親必須用掉為聖誕節儲備的休假。還有他們的狗。他們該拿狗怎麼辦？

他知道這一路會是什麼情況。一路奔馳，周遭一片荒蕪。他會負責在夜間以及兩個大城市裡駕駛。他母親能在白天替他開幾小時的車。到了蒙特婁，他得在黑暗的街道上摸索，還得憑記憶從二十棟一模一樣的老人公寓中找出他姑婆住的那棟。

這兩位姑婆會是百分之九十的問題所在。老人味。已經在他的腦海中了。正常情況下，他都沒辦法在貝絲旁邊五分鐘而不後退的。而現在這兩個人會在後座臭上好幾個小時。他得對著窗外呼吸。她們還會提著超大花朵圖案行李箱以及各式各樣的特殊用品，而且她們會一路聊著她們認識的那些已經過世的人，那些她們最近才走的以及作古許久的共有親戚。她們會以為他也應該認識那些人，但是那一長串的名字，幾十個陌生人，那些遠親，對他卻毫無意義。

「我沒跟你說過嗎？我沒跟你說過會這樣嗎？」他母親查看一件皺巴巴的上衣，再丟回洗衣籃裡。

「大家都知道那個男孩子是個禍害。」他父親幾乎是在耳語。他的套裝袋拉上拉鍊，收拾好了。要他從一排人裡指出那個男孩子是不可能的，但是他對自己人卻很了解。

「他們每一個，那一家子。那幾家從來就沒有過好事。羅迪早就該阻止的，他早就該插手，讓他們兩個分開的。」

他父親一手拂過地下室天花板的低矮托梁，這兒有著交纏不清的電線、管路、生鏽的鑄鐵水管。六乘六的管子上鑽了一堆的洞，胡亂切割的東西和應急方案。沒有一個符合規範，可是沒時間也沒錢修理。喬看著他的眼睛東閃西躲。

「我跟你說過吧，那些越野車？」他母親不罷休。「我們不是看著那些七歲大的孩子在遊行的時候騎那些玩意，車上還有一堆彩帶和裝飾嗎？那天陽光普照，大家都笑得好開心，還丟糖果，那時我就跟你說了。我記得我靠向你說：『早晚會有人死的。』哼，看吧？他們現在還有什麼話說？還在一天到晚說什麼孩子騎車是很好的運動？」

「可是也得怪羅迪啊，對吧？」他父親也不示弱。「他早該知道的，他早該想辦法讓碧兒別跟那群人混在一起的。」

他母親關掉了電燈。

「你要小心，彼得。說話要注意。我們會儘快趕到那裡，可是你最好別在我們到之前說什麼蠢話。羅迪一定已經傷心欲絕了，不管你想說什麼，都先想想這一點。他一定很快會崩潰。我跟你說：當父母的沒辦法這樣子失去孩子。而且事情可能還沒完呢。誰知道呢。還可能會出岔子，甚至還會壞上加壞。」

「如果是個男孩子就會好一點，」他父親說，雖然喬就站在那兒，仍穿著套裝外套。「男孩子差不多就在意料之內，報上每個星期都有。打架，惹麻煩，還有白痴酒駕車禍。可女孩子不行。像碧兒這樣的女孩子不行，她的成績那麼好，還領獎學金。羅迪早該知道那個小子是個大麻煩，而且他的家族就是麻煩世家，他早晚有一天也會闖出禍來。他早該阻止的。他早就該讓他們斷得一乾二淨的。」

碧翠絲和喬，喬和碧翠絲。他們雖然分隔兩地，卻一直很親近，而且他們人生中的模式也都建立了：喬的家人「回家」，兩個孩子每年有兩個星期玩在一起，在七月末或八月初的連續高溫中玩得融洽和樂。一天到晚不是在海邊就是烤肉，或是參加鄉村園遊會，看遊行和夏日演唱會。他爸會在行駛了十或十二小時之後把汽車開進車道，而她已經衝出了紗門。

「裝好了！」她會一邊大叫一邊伸手要把他從後座拉出來。「你一定想不到有多好玩！」

有一次，大概是十一歲那年吧，他伯伯從「加拿大輪胎」買了個水滑梯。他把塑膠攤開，那是黃色的塑膠布，像高速車道，順著她家的前院陡坡向下滑，他們還儘量把滑道變長。四捲的保鮮膜，一打垃圾袋，兩疋舊的綠色防水布，以營釘和磚塊固定。他們倒上了洗碗精，用水管沖，再打開澆水器。然後他們換上了泳裝，而她拿著一瓶酥油跑出廚房。

「我們會飛起來，」她說，把那瓶食用油高舉在頭頂上，眼中閃動著格外激切的光芒。

他習慣了碧兒這樣，咄咄逼人。他們兩人的年紀只差一個半月，都沒有兄弟姐妹。他們的奶奶說他們是她唯一的、唯一的孩子。他看著碧兒把瓶蓋旋開，把濃稠的黃色酥油倒在肩膀上和鎖骨之間，再把油順著手肘按摩，再塗滿掌心和泳衣前襟，接著是大腿和小腿。在她把油瓶遞給他之前，她還擦了額頭和兩頰，這才抓起他的手，拉到她的肩上。

「摸到了嗎？」她問。「就好像我這個人根本就不存在。」她想在他的臉前彈手指，卻沒有摩擦，沒有聲音。「來吧，」她說。「換你了。快一點。」

他把油抹在赤裸的胸膛和泳褲前襟以及膝蓋大腿上。感覺熱熱的，像有糖漿黏在他的皮膚上，還有味道，像餐館在炸東西，似乎附著在他的鼻腔裡。他敢說要等一個星期之後他才能再穿上正常的衣服。他的身體會持續分泌這玩意好幾天，像甜甜圈的油浸透了餐巾。他已經能感覺到油滲透到他的毛細孔裡了。

一等他擦好，她就說：「好，我先。」兩人同時轉身，拔腿開跑。

她先跑到，頭下腳上衝了出去，而他只看到她的腳板。然後他也動了起來，塑膠布感覺更像是根管子，很像在真正的水上樂園裡玩的那種大型滑水道。她的身體激起了肥皂水，噴進他的眼睛裡，而雖然他能聽到她一路往下滑，他也能感覺到塑膠布下的每一顆小石頭，假裝成草皮的六十呎乾草田上的每一塊隆起。等他們撞上保鮮膜和垃圾袋，感覺就像撞到空氣，他的身體好像直接滑在碎石上。然後就真的是空氣了。山坡太陡了，兩人的速度太快了，即使他滑過了防水布，他們還是又滑行了大約十秒才停住。

她的衝力先消退，兩人撞在一起。他滑到她的側面，她的身體像個減速用的隆起路面，而他滑溜的胸膛摩擦著她的腿後。他努力翻身，讓到一邊，但是他的髖部擦過她的，然後他從頭頂上飛了過去。結果兩個人都仰天落地，身上遍佈小割傷，沾了一身油膩的草，喘個不停。

他才說了「棒極了」，還沒能再發出聲音，她就翻身壓住他，重重吻了他的嘴巴。他嚐到了食用油底下她皮膚上的鹹和汗水的鹹兩種不同的鹹味，感覺到她的下唇有一塊曬傷。他們的胸口以相同的節奏起伏，他伸出雙手，十指張開，按在她的肩上一秒，隨即把她推開，滾了開去。

「不行，」他說，用力吸氣。感覺就像是整個戶外的空氣還不夠多。

「你真了不起，」她跟他說。「你知道嗎？你真的很了不起。」

她微笑，感覺像是她的整個身體都在笑，像是有輻射波從她的身上散發，筆直穿透了他。前後不到三秒鐘，也沒有餘波盪漾。他們照舊跟以前一樣，當這件事沒發生過。又九年，他們照舊跟以前一樣，彷彿只要你真心想要就有可能重設過去，重新開始。

滑水梯等待著。它的橡皮皮膚往斜坡下伸展，滴著水珠，讓人抗拒不了。水管不停流著水，他們至少又往下沖了五十次，每次都換個新花樣。像衝浪客一樣坐或站，或是在中點換姿勢，翻滾換面。可以在開始的時候翻觔斗，也可以在下來的時候翻觔斗，或是兩個都翻。他們玩了大約一個半小時才被她的爸媽叫進屋去吃東西。兩人一走進屋，他母親看到他一身擦傷和油膩的泡沫，是防曬油加酥油加傷口流的血，她就伸手去摸碧兒的手肘，摸肘彎裡的白色殘餘，中指和拇指互相揉搓，聞了聞，別開了臉。她的表情和那個味道在空中飄浮。

「你們兩個究竟是在搞什麼？」她問道。

最後的一百哩路，從楚洛開始，他背上的僵硬就一吋吋往上移，一次往上一節，直抵他的顱底。咖啡在他的胃裡翻滾，害他的腦袋嗡嗡響，而每次他把腳從油門移向煞車，他的右腿就像有針在扎。開了二十六小時的車。他看著日光減弱為深紫色，又看著清晨來臨，起初是邊緣淡淡的白色，旋即開始燒灼他的眼睛。他感覺自己是在繞著星球運轉，逆時針朝著太陽前進。過了多倫多之後，他開始以加油次數來估算距離，油箱加滿再耗盡，加滿再耗盡。他覺得他能看到油表指針在移動，比時針還快，總是一下子就空了。他只休息過一次，是在新布藍茲維省的一段空曠地帶，那裡的新馬路又快又平，由他的母親開車，在夾道的樹林間飛馳寧靜的兩個小時。

一路上兩位姑婆都安安靜靜的。在黑暗中繞過卡巴諾時，他敢打賭她們在睡覺，但是他轉頭查看，兩人居然都坐得筆直，肩並著肩，兩雙眼睛從眼鏡後直勾勾瞪著前方。

「你只管開車，」蕾吉娜曾這麼說。「別擔心我們兩個。」

他在車道上轉過最後一個彎，開始上坡，就注意到黑色的樹木及白色的天空硬生生擠入樹葉留下的空間裡。這一切對他來說都很新鮮，十一月的這個地方，晚秋時節。他從沒見過屋子這麼接近它本來的模樣：木板和屋頂板佇立在一片堅硬、土壤結塊的農田中央。夏季時是那麼的綠意盎然，讓人從馬路上什麼也看不到，而他來訪那麼多次，總覺得再怎麼勤勉也追不上白楊、虎杖和青草的成長速度。現在簡單太多了。就彷彿樹木已經邁向下一個階段。在他的眼中樹木就像錯雜的柴火，等著被丟進火爐裡。

他把車停下，長長地吁了一口氣，關掉引擎，轉向他的母親。她把乘客座的鏡子翻了下來，正忙著把眼睛下的浮腫往下壓。她搽上了唇膏，卻太紅了。

「好技術，」她說，伸手捏了捏他的胳臂。「開車的技術真棒，喬。」然後她輕敲乘客座的車窗，注視著屋子。「不過這裡才是一切的起點。我們很快就會知道剩下的事了。」

側門打開來，他的伯伯伯母走過來迎接他們，他的父親和其他親戚尾隨在後。他的伯伯比他記憶中要瘦，而且走路向右邊歪斜，好似一條腿長一條腿短。

蕾吉娜姑婆打開了車門，一隻平底鞋踩在碎石路面上，接著是另一隻。她挪動重量把自己弄出車子，略微呻吟了一聲，他聽到隱約的放屁聲。她瞪著他。

「怎樣？」她說，幾乎在微笑。「你就沒放過屁？」

車子裡的人和屋子裡的人在車道的中途會合，互相握手擁抱。他的凱若琳伯母走向他母親，兩人想擁抱，卻都不知道該把手往哪兒放。

「我們有一大堆吃的，」他伯母說。「妳都不知道鄰居送了多少來。」

「真好，」他母親說。「他們真是好人。大家全都聚到一塊來，可不是像奇蹟嗎？」

喬瞧了瞧她們兩個，站在屋子的陰影下，他想著他的爸媽背著凱若琳伯母說的那些話，取笑她的聲音、她恐怖的烘焙廚藝、她差勁的髮型，還有她連library都不會唸，唸成了lie-berry。感覺上她現在不得不跟這些人困在一起實在不公平。他那時對她生出某種感情。這件事發生以來第一次，他有了某種感情，卻不是悲傷。他又瞪著她們：他的伯母默默靠著他母親的肩膀哭泣，而他母親一手按著妯娌的背。他努力假裝根本就不認識她們，努力想像她們是陌生人，她的伯母只是一個報上照片中的女人，是一位剛失去了孩子的母親的靜止畫面。這樣比較輕鬆。

他先跟他父親握手，再跟他的伯伯握手，而他能看得出來，就從這兩人走路的方式以及站在彼此身邊的姿態，昨晚他們之間有什麼事。他雖然說不上來是什麼事，但是它就明擺在眼前。某人說了他根本就不應該說的話。他能想像他們半夜兩點在談話，隨口談到了他們都想要避開的話題，然後氣氛丕變，兩人都怒氣沖沖，把真正的想法全都發洩了出來。

他父親和他的伯伯：兩個男人站在屋外，雙手都插在口袋裡，一個盯著鞋子，另一個抬頭望天。這兩人有相同的父母親，小時候都住在這棟屋子裡，吃同樣的食物，睡同一張床。兩人的髮際線都在倒退，有著同樣的深色眼珠，染色體相同，等等等等——卻還是不夠。接下來的幾天可能會有吃喝不盡的糖醋肉丸、馬鈴薯沙拉、檸檬方塊糕和黑麥薑汁酒，不過這兩個人是不會合好的，不會盡釋前嫌的。

他又再度清楚感覺到當家人有多麼難，跟這麼多你絕對不會挑中，也沒辦法完全逃離的人融合在一起。

他駕車時開著暖氣，而此刻，站在車道上，他感覺到風吹以及風中帶著的寒意。隱形的力量把他的牛仔褲牢牢吹在他的腿上，撲騰著他的襯衫。他又抬頭看著樹，想著這股風和這股寒冷會把這些樹掃蕩得乾乾淨淨。冷漠無情，機器都比不上。要是他們雇用一群工人來把每一片樹葉都摘下來，成果絕對無法相提並論。

他伯伯朝貝絲和蕾吉娜抬了抬下巴，低聲說：「那兩個沒把你逼瘋吧？」

喬看著他的姑婆，想要說點風趣的話。他想開個小玩笑，跟伯伯分享一句輕薄短小的俏皮話，但是一秒鐘過去了，接著是另一秒，而他的腦袋一片空白。開口又合上。他聳了聳肩。

「她們非常合作，」他說。「一路上一句話也沒說。」

他們家多年前就放棄了信仰，但是無所謂。別人還是會繼續把你拖進教堂和寺廟，清真寺和猶太會堂，所以你也沒辦法徹底逃離。他記得那天早晨，是冬天裡的一個週日。他母親穿著她的紫褐色浴袍，剛給自己倒了杯現煮咖啡。氣溫在夜間陡降，昨天的雪泥凍結成厚厚的一層冰，覆蓋了大地。他們就算想去買刮雪機也得要先把車門鑿開，接著還得花二十分鐘讓除霜機運作，汽車才能開動。他母親看著時鐘，再看著桌上的報紙。

「我不去了，」她說，坐了下來，一隻手摩挲著報紙的折痕，撫平紙張。「而且不只是今天，也不是因為結冰。到此為止了。你們兩個想去就自己去，可是我能給他們的時間就這麼多了。」

他父親點頭。「我無所謂，」他說。「我也受夠他們了。」他倒滿自己的杯子，要她把體育版給他，然後事情就這麼定了。

他們再也沒回教堂，而儘管有些不舒服的偶發事件——學校裡同學的受戒禮；一場大型烏克蘭婚禮，他父親得付錢跟一位太高太瘦的新娘跳舞——差不多都還過得去。只要他們不交際應酬，要避開這種事其實容易得讓人跌破眼鏡。

不過，現在，他們駕車前往葬儀社，儀式以及禮節這些陰魂不散的問題就又回來了，而他們得倉促拼湊才能確定大家都知道該如何在正確的時刻做正確的舉動。他沒參加過守靈，而他父親則儘量讓他對即將來臨的情況心裡有個底。「我們都排隊站好，然後大家會進來，我們就跟他們握手。」他對著後照鏡說，喬也對著鏡子點頭。

「這會耗上一、兩個小時，然後會禱告，唸個玫瑰經之類的，然後大家就會離開。然後還有別的事吧，只限家人，我不確定。到時再說吧。就看別人怎麼做就行了。」

人群之多出乎他的意料。村子裡不可能有足夠的房屋裝下這麼多人。葬儀社只是一個小小的改建屋，牆壁是鋁板，但是前來致哀的人卻排到了門外，繞過了建築的轉角。一進去就是大廳，有畫架似的東西擺著一面軟木塞佈告欄，貼滿了照片，是碧翠絲在不同年齡的照片。他很訝異看到自己是照片中的常客。有一張照片是他們兩人高舉著兩條束帶蛇，他記得那次他們是想用兩隻舊鞋盒填滿青草，構築出蛇的棲地。他們拍下窗上的蒼蠅，再把死蒼蠅丟進盒蓋下去餵蛇。

最大的一幀相片，在最中央，是一張碧兒打排球的放大照。她是一名主攻手，入選了省隊，去年打進了加拿大全國賽。照片是從年鑑中翻拍下來的，她高躍在空中，一隻手臂向上翹，準備殺球，整個人彎成大寫字母C的形狀。

她的膝蓋彎曲，背部拱起，感覺腳跟幾乎能碰到她的後腦勺。球停在空中，位置完美，而網子的另一邊，敵隊的攔網球員閉著眼別開臉。碧兒的表情穩定專注，你能看得出在她的手肘和手腕之間有一束肌肉在伸展。

每一個來守靈的人都知道喬是誰，但是喬卻幾乎一個也不認識。他在隊伍中等待，聽到他們說：「很遺憾你痛失至親，」他就說：「謝謝。」

老人家實在太多了。

一位女士跟他說：「嘿，你是那個以前打曲棍球的嗎？那個在渥太華，他們說將來要當醫生的？」

「對，」他說。「就是我。」

「我就說嘛，」她說。「我喜歡消息靈通。我們的表姐貝絲常常說起你。她覺得你是個了不起的傢伙。」

想到自己在這些人的閒聊中流通，感覺怪怪的。所有的老師、校長、甚至是校工都來了。修車廠的人，住在同一條馬路上的一個女人。他的手痛，而且每隔一會兒他就會轉轉腳踝。他知道在家裡是不會有這樣的情況的。他們每個人都有一則碧兒的故事。

「我在店裡工作，她總是很和氣。」

「她以前幫我們帶孩子。」

「她母親跟我是老朋友了。」

他懂了，每個人都會這樣，停下來說個三十秒的小事情，這個那個的。

「喔，」他會這麼說。然後，「喔，對，」以及「謝謝你過來。」

他覺得學到了什麼：一套新的規矩，把球發給在交談中的另一個人的適當技巧，平順輕鬆，讓兩個人都不卡關。

跟年輕的一輩就不適用了。兒童的傷心外露，三三兩兩聚在一起哭，而且排隊過來時還獻上泰迪熊和照片和手寫的詩。有些哭得好大聲，感覺很誇張，而他也被整體的表演惹惱了。有太多的花，奇形怪狀的，什麼風格都有。花香讓他想起了強效洗衣精，什麼合成的東西，專門設計成花束的氣味的。

將近尾聲了，也快九點了，一個女生走過來，他認得她，是過往的那些個夏日中認識的，是碧兒的一個好朋友。兩人握手時，她靠得太近，他感覺到她的乳房壓在他的胳臂上。她附耳低語道：「結束後來找我。我需要你做一件事。」話說得像指令，而不是請求。她抽身退開後，他扭頭去看別人是否注意到，然後再轉回來看她，可是她的表情又恢復到公眾場所的禮貌笑臉了。

「我叫珍妮絲，」她說。「記得吧？」

「嗯，」他說。「記得。」

他們曾同車過，五個人擠在後座，碧兒跟她的朋友彼此傳遞著溫啤酒，汽車行駛在黑暗的碎石路上，他們要去一所教會的舊會堂跳方塊舞。大燈照亮了路上的塵土以及圍繞著他們的樹木，感覺像是他們大家在一條漫長的隧道裡旅行。那時珍妮絲還是個陌生人，坐在某人的大腿上，可是喬看著碧兒，她只眨眼聳肩。他能感覺到她的盤算，她總是很努力要把他拉進圈子裡，不讓別人當他是觀光客。

他們喝了很多啤酒，夜晚也變得混沌不清。會堂裡人山人海，各年齡層都有，空氣中散發著肉類和老人的鬍後水的味道。一名年輕的小提琴手和一位圓潤的女鋼琴家帶動著人群，向前，滑步，跺腳。一切都井井有條：腳擦刮著古老的地板，沒有人錯拍。他不是跟珍妮絲跳就是和碧兒跳，她們兩人輪流帶著他在年長的人和兒童穿插進來、放開手臂時跳出較複雜的交會舞步。珍妮絲老是想要搶先別人一步，而他記得在他們跳著第三段旋轉時，她的臉孔始終在他正前方，其他的人則在她的腦後變得模糊。

那晚他們是可能會有什麼的。她那麼靠近，他的雙手又放在她的腰上，就在她的牛仔褲褲腰上方，而她則雙手按著他的肩。他們兩個都想要跨過那個開口，但是舞曲結束了，兩人往相反的方向走，需要各自搭車回家。

珍妮絲離開之前看著他，十指在他的頸後相扣，向前湊，側轉身像是要説什麼，誰料她卻像動物一樣伸出舌頭，舔掉了他耳垂上的一滴汗。

「下一次，男子漢，我們計畫得好一點，好嗎？我要是早知道就會做點安排。」

「好，」他說。「好。下一次我們要做對。」

但是去年夏天他完全沒有再看到她，所以現在才是這種情況。

「你要來找我，」她又說一遍。完全不開玩笑。「結束以後，這裡結束以後，你來找我。」

神父召集大家禱告，人群不再閒聊。禱告詞像是從別的時空傳來的，像是三百年前大家圍聚在火堆邊說的。永遠的安息以及永恆的光。神父唸誦他的禱詞，然後人人都給出適當的回應。喬環顧四方，就連他爸媽，求助於童年記憶，也知道該說什麼。即使是最年幼的孩子。他設法讀他們的唇語——設法猜測是不是像救贖或大能這些字眼——但是他總是抓不準時間。

禱告結束後，人群離開了，只留下親屬。每個人輪流走向棺木。喬在後面看著他的伯伯伯母一塊上前，並肩跪下。他伯伯的脊髓似乎液化了，頭歪向一邊，靠著光滑的棺木。他沒發出聲音。凱若琳伯母握著他的一隻手，幾秒之後，她率先起身，把他拉起來，帶出房間。接著就是他的父母，然後就輪到他了。

他跪下來看著她。碧兒穿著一件細肩帶洋裝，頭髮整齊地向後梳。他們給她化的妝算正常，不會太誇張。洋裝是深綠色的，天鵝絨質料，讓他想到聖誕節。她戴了一條銀項鍊，凱爾特鍊墜就擺在她的胸口中央，她的雙手交疊。樹林中發生的事都被抹除得一乾二淨，看不到碰撞的痕跡，看不到力道、車速、撞擊力的痕跡，他的眼前什麼都沒有，只有一個和他同齡的女孩子閉著眼睛。

他努力思索此時此刻他應該要怎麼想，或是在這種禱告中、跪下的時候他該請求上帝什麼，可是他什麼也想不出來，所以他只是靜止不動。他決定要數到二十再起來。

房間一次清空一個人，就連神父都套上皮大衣回家了。經營葬儀社的人繞行室內收拾用過的保麗龍杯，把剩咖啡和茶倒進排水口。他關掉了小廚房的電燈，再去檢查浴室。喬聽到他打開水龍頭，噴灑芳香劑。這一部分結束了。

他跟著爸媽離開，朝小停車場而去。四處都沒有珍妮絲的蹤影，他的伯伯伯母已經坐進了汽車裡，正駛出車道。他父親跟他的哥哥點頭，揮了揮手，一面伸手開車門。

「再留個一天，」他壓低聲音說，隨即重重坐進駕駛座，頭向上抬，彷彿需要查看車頂上小小的燈和內襯。「就快結束了。」

他母親坐在乘客座上，喬坐後面。他父親轉動鑰匙，引擎鳴響，突然間珍妮絲出現了，就在汽車的旁邊，這時多了一件藍色大衣。她戴著連指手套，碰了碰他父親那邊的車窗。

「又怎樣啦？」他父親低聲說，按下了車窗。

「哈囉，」她說。「我可以借用這個傢伙一秒嗎？」

她比了比喬，他父親轉頭，臉上掛著詢問的表情。

「我們有個聚會，」珍妮絲說。「紀念碧兒的，只有我們，她的朋友，而我知道她會想要喬也參加。」

他父親放開了方向盤。

「妳是金柏利家的是吧？」喬能感覺到他在衡量她的家譜，找出她真正的定位。

「對，珍妮絲。第三個孩子。碧兒是我的好朋友。」

「妳能想到喬真是貼心，」他父親說。他的聲音中有鬆了一大口氣的感覺，彷彿他一直就在等這個，他們多年來一直回來的真正理由，為了這樣的東西回來，回來歸屬於自然的秩序之中。「那妳知道要把他送回哪裡吧？」

「當然知道。我都不知道去那裡多少次了。」

「那好。」他轉過頭來露出淡淡的笑，這是打從這件事開始之後他的最佳表情了。「那你去吧。」

喬打開了門，步入寒風中。他母親喊他，他能聽出她不放心。

「別太晚了，好嗎？」她的眉頭都皺到了一塊，而他看著她盯著珍妮絲，又回頭看他。問題得等一等。「別弄得一身髒，」她說。「你明天只有這一套衣服。」

「放心吧，」他跟她說。「只是一下子。」

他站在珍妮絲的旁邊看著汽車離去，他在側鏡中看到他母親的眼睛盯著他。珍妮絲挺直不動，一等汽車離開了視線她的表情就變了，拉扯他的手，把他拉走。

「走吧，」她說。「時間不夠了。」

葬儀社坐落在村子的外圍，與樹林接壤。珍妮絲帶著他繞過後面，步下一處陡堤。他得把腳掌打橫，一腳前一腳後，用力靠向山坡，才安全走到了底部。

今晚夜色清明，雖然沒有月光，但是星星卻很密集，有如奇特的霧飄浮在天空上。他一隻手遮在臉前，等著眼睛適應。鄉間的夜總是比城市的夜要黑。你可以看到外太空的每一個光點，卻幾乎看不見地上的東西。他想到古老的探險家駕著大木船遠渡重洋，不由得猜想現代還有沒有人光憑天空上的星座就能夠導航。他連接北斗七星的點，想像著天上所有應該在的其他圖案，只要你知道在哪裡，以及該如何去找。有人能夠指出各種獵戶、動物、駕著戰車的神祇，但他不行。

珍妮絲又牽起他的手，帶著他走向一條小溪邊的一叢灌木。

「柯瑞。」

這個名字來得既短促又乾脆又嚴肅。喬的眼睛正在適應光線，他感覺到聽力也變得敏銳。她的聲音似乎傳得很遠。

「快點過來，柯瑞，起來。他來了。我們現在就得走了。」

沙沙聲，像浣熊或是更大型的動物在挖垃圾。一小束光線亮起，有個男人站了起來，從灌木叢後出現。他是在後面睡覺，不然就是躲在毛毯下，他沒辦法挺直身體。他又高又壯，喬覺得他的樣子像是一個會彎腰避過門楣，或是頭頂會擦過地下室天花板的人。他戴著棒球帽，穿藍色帽T，前襟上有紐約巨人隊的標誌，一件污穢的牛仔褲，一雙白色高筒慢跑鞋。他的頭髮長過耳朵，又黑又扁，而且他的一隻眼球有一條血管破裂，瞳孔和虹膜完全被紅色包圍。

他有點不對勁；喬看得出來。腦袋不對，而且不只是因為喝酒。毒品或是藥物，他覺得，或是生病了，病得很重。男人搖搖晃晃，幾乎像個空殼子，靠腳趾向上搖，再落到腳跟上，而且他控制不了大拇指，一直豎起放下，速度飛快，好像是個緊張兮兮的孩子在打電玩。

地面冰冷又潮濕，喬感覺到濕氣滲入了他的薄西裝襪。枝葉之後，手電筒光下，他看見了那人的巢：一條濕透的睡袋，一堆外賣食物的包裝紙和空瓶子。三個晚上：他猜是這樣。他的衣服狀況，這一堆垃圾，似乎纏住他不放的寒氣。全部相加就是在新斯科舍省的十一月末露宿三夜的結果。

那人伸出手，手指和顫動的拇指伸向喬。

他說：「拜託。」

喬從沒聽過有人把這兩個字說成這樣子，漫長拖沓，好似這個人必須用力把嘴唇抿住，強迫氣流通過才能發出閉鎖音來。

「拜託。」

兩個字噴出的氣在他的臉前形成了薄霧。

有時你幾乎能一眼就認出一個你從未見過的人。寒冷害喬的牙齒打顫，手指蜷曲。生平第一次，他想要打人。不見得是這個傢伙，只要是個人就行。他轉向珍妮絲。

「這就是我們的小慶祝會？只有朋友？這就是我們要『紀念碧兒』的特別活動？」

「不是他的錯，喬。」

珍妮絲迴避他的視線。

「我也在，」她說。「我們就在後面，全都看見了。那不是任何人的錯。」她把拳頭更往口袋裡插。「他是個好人，我發誓，他是好人。我是說，不是像現在這樣。這是另一碼事。可是碧兒迷死他了，你得知道。她愛他，他們只要走得了就會立刻離開這裡。她不在乎別人怎麼想。他們有他們的事情要做，有計畫。你都沒看到他努力想把她帶回來的樣子。我們那天半夜三更在外面，結果全都出錯了。沙灘車毀了，什麼都破了，還有汽油味，大家都在喊，可是他……」

她朝他伸出胳臂，手心張開，手指向柯瑞的方向伸長，但是沒有得到反應，幾秒過後，她收回了手，落在身側。

「他卻一點也不慌亂，他保持鎮定，沒有走開，而且他不讓別人碰她。他撥了一一九，叫了救護車來，他想把她抬出去，可是大家都知道已經太遲了。事情一發生我們就知道了。」

她一口氣說完經過，說到最後幾乎哭了出來，但是喬或柯瑞都沒有移動。就彷彿珍妮絲是在描述什麼發生在別人身上的事。喬看著小溪，溪水潺潺。

「我為什麼要來這裡，珍妮絲？妳要我做什麼？」

「他不能進去，」她說。「他們不讓他看她。醫院、家裡、這裡都不行。而碧兒明天午餐前就要下葬了。」

她沒有哭，也沒有生氣。現在是謀略了，把事情井然有序地鋪陳開來。有些行動必須要執行。

「你伯伯失去理智了，喬。說看到他就要殺了他，說他會赤手空拳殺了他。

他去了柯瑞的拖車屋，去他阿姨的拖車屋，去他奶奶的拖車屋，而且他在四處打聽，想要知道他在哪裡。他什麼也不在乎了。警察知道，可是每個人都只袖手旁觀，他們以為他慢慢就會冷靜下來。也許吧，可是我們不知道要多久。」

「我還是不懂，」他說。「為什麼找我？」

她指著葬儀社，他順著她的手看過去，看見了窗戶，離地四呎高，而裡頭有人的影子在移動。

「他們一到晚上就會上鎖，只有從裡面才能打開。他只需要一分鐘爬進去。」

「不行，」喬說。他連想都不用想，而且他也不想再待在這裡了。

「你是唯一辦得到的人。」

珍妮絲說得既遲慢又平淡。他看得出來她全都計畫好了，而且一直就把他算計在內。

「要是現在去，他們會讓你進去，可一定得是家屬。我試過了，他們不肯讓我進去。一定得是家屬。」

他搖頭。「不行，」他說。「不行。」

事情開始失控了，而且把他捲了進去。

他知道他必須保持冷靜，儘快走人。他的兩隻拳頭握緊又鬆開，腳趾和手指有熟悉的麻痺感，四肢的感覺漸漸消失。

「我現在要走了，」他說。「我不會跟別人說，不過我得走了。抱歉。」

他轉身抓著草讓自己站起來。他的鞋尖陷入了冰凍的土壤中，他想找到足夠平衡的點來讓自己邁出步子。

「拜託，」珍妮絲在後面喊。「你不能這樣子丟下他。想一想，喬，別的都不重要，想想碧兒。問問自己。這些對她難道不會有任何一點意義嗎？」

他眼裡的她是個溜滑水道的女生，十一歲的身體從坡道滑下去。堂表親指的是你父親的兄弟姐妹的兒子女兒，或是你母親的兄弟姐妹的兒子女兒，但是在這個親屬關係鏈兩頭的人又是什麼關係？他想到了那些人，排成長龍的人：老師校工，她照顧過的小孩，排球隊員，商店的顧客。他們都等著要跟他握手。今天是守靈，明天下葬，對，可是死者想見的人是誰，死者要的又是什麼？再二十四小時，他知道這件事就會結束，他會整晚開車，把乘客送往反方向。他瞧了瞧柯瑞和珍妮絲，現在幾乎看不到了，站在低溫中的小溪邊，燈光閃爍，努力在原地堅守。他們又是沾什麼親帶什麼故？

他爬上了坡頂，停了下來。停車場在他的面前展開來，龜裂的柏油路面，只有孤伶伶的一盞路燈照明。圓錐形的光束照下來，在地上留下一個完美的黃圈，變成了一個區分出裡和外的空間。你可以繞著走，留在陰影中，或是穿過去。他走進光圈中，抬頭研究燈泡。裡頭一定有感應器，他覺得，告訴路燈幾時亮幾時滅。他咬住舌頭，在齒間摩擦。接下來的事情都像是自動導航：轉身，走向葬儀社，腳步沉重，清喉嚨。這隻輕敲大門的手並不完全聽他的使喚。

老闆來應門，已經在披大衣戴手套了。「幸好你趕上了我，」他微笑道。

「我正要走。」

「我好像忘了東西了，」喬說。「我可以進去一下嗎？」

老闆讓到一邊，像門房一樣揮動手臂。「家屬當然沒問題，」他說。「我在外面等。請。不用急，慢慢來。」

喬經過了那些照片，又進入了房間。只有他們兩個人，但是他並沒有停步或是看向她那邊，他只是快步走向後面，找到那扇窗，把舊式的金屬鎖扣打開，兩腳在地上釘牢，全身重量靠著窗框，用力推。窗框上的舊油漆龜裂，空氣吹了進來，吹動了窗簾，拂動了花飾的花瓣。他覺得聽到下方的樹葉中有窸窣窣聲，還有人弄出隱約的動靜，但是他無法確定。

他退後盯著他弄出的這個小小開口，牆上的一條縫。只有三、四吋寬，卻已很夠了。現在什麼都進得來了。

他離開了房間，隨手從口袋裡掏出鑰匙來，晃得玎玎響。

老闆抬頭向他微笑。他拿了一小桶鹽，準備灑在大門台階上。

「這東西很容易弄丟是吧？」

「是啊，」喬說。「我好像老是忘東忘西的。」

接下來的幾秒鐘是關鍵，他知道他需要繼續走。要是他能穿過停車場就沒事了。要是在這個人發覺有什麼不對勁之前他能走到光圈的另一邊，那他就能消失無蹤，回到黑暗中，誰也看不出他是一個人，也沒有車輛等著送他回家。

你以為你是在看什麼？

WHAT EXACTLY DO YOU THINK YOU'RE LOOKING AT?

一九七五年加州帕沙第納

我知道我跟別人不一樣，而且最有可能的是我跟你一點也不像。我不是來這裡、來南加州度假的，我不是被高溫或是棕櫚樹或是有機會開車經過大明星的家吸引來的。十二月底能在海灘逍遙一天不足以讓我橫跨大陸，我也沒胃口看著身材健美的人或是滑直排輪的人穿著小背心經過。我不是來看那隻在真實世界中轉化為實物的卡通老鼠的，也不是來聽他的機器人唱世界有多小的。你得相信我。我繞了這個星球好長好長的一段路——說不定比任何人走得還要遠——我相信我有資格跟你說：這個世界絕對不小。

我的挑戰，知道嗎，我的問題，是吸引別人的東西吸引不了我。如果你跟我易地而處，你照我這樣過日子，就會感覺你總逃不開那些老王賣瓜。別人總想給我看什麼，帶我去哪裡，可是他們拿出來的東西，沒有一樣——沒有一個分子，沒有一個原子——能挑起我的興趣。我覺得一直都是這樣的：自從地球上有人開始，就會有一個人像我一樣。有人不在乎現有的東西，反而只想要看從未問世過的巨作，或是觸摸不該打擾的遺跡，購買不出售的物件。

比方說是每年這個時候他們這裡特有的、獨有的那種光。這就是我來這裡的原因，因為那個光。它的清澈極為厚實，一瞬間罩住一切，卻又能讓各別的事物清晰分明。我說的不是陽光，知道吧，也不是機場的第一道粗暴的強光，拉扯你大腦裡的弦，害你的瞳孔快速收縮，弄得你眼睛痛的那種。不，我是為每日的光來的，那種從天空中射下來，在至點左右射下來的光。我喜歡站在光裡，在光下，在十二點，白晝幾近最短而傍晚的影子也幾乎拉到最長的時候。我想要在這種光最不可得的時刻得到最大的量。如果有辦法讓你直接站在光下卻能避開高溫，那就是我想做的事情，可是這個機會始終求之不可得，而有些事就是不能妥協的。相信我，我知道要取得你最想要的卻不必接觸到你最想迴避的東西有多麼困難。必須要極其辛苦，並且小心謀劃才能夠在同時做到。不過我有經驗。

通常我有一套做法。我一下飛機就戴上墨鏡，即使我仍在航站中。我的墨鏡是特別的面罩型鏡面眼鏡，別人都看不到我，側邊也不會漏光。我很喜歡這座機場，洛杉磯國際機場，勝過其他的機場，偶爾我甚至讓我的郵件送到這裡來。地址是世界路一號，他們有個人坐在辦公室，有急事的話就會拿著你的文件要你簽名。機場老是在建設，我不覺得煩——我知道這是進步的代價——而且我很欣賞這裡是率先啟用我喜歡搭乘的那一型飛機的機場之一，這種新的巨無霸七四七噴射機，有樓上的休息室和橘色沙發以及歌手及樂隊從一條跑道到另一條跑道為我們表演。

等我適應了墨鏡，又能看見之後，我就會走向行李轉台。要看機門而定，可能需要走很久，有時需要二十分鐘才能走到。這一回在某幾段中我搭的是他們新近在最長的走廊地板上嵌入的一系列傳送帶，這種帶子像傳送行李一樣傳送我們。我第一次踏上時還裹足不前，我擔心還得算準跨步的時間，才能平穩地從靠自己的力量走路轉變為這種新型態的運輸。一開始，感覺不知所措，這種站著，挺直地站著，什麼也不做，同時另一股力量，我猜是埋進地板下的馬達，帶著我到它想去的地方。不過你很快就習慣了。我只想知道我是否站對了地方、走對了方向。我一點也不介意把我自己的身體想像成一個大系統中的一部分，一個協調運動的廣大網絡中的一個小物件。我喜歡覺得一定有一個人，一位偉大的建築師，已經為我，為我們所有的人擬定了計畫，而我們只需要跟從。

到了行李轉盤，我拿起行李箱，走路——現在透著一種新生的目的與速度感——走向等著我的司機和汽車。然後我們匯入車流和噪音和煙霧。我們駛入坡道和出口，我們經常必須在一團混亂之中等上幾個小時。在那幾次，在我們幾乎停在高速公路上時，我喜歡透過黑色車窗盯著包圍住我的其他車輛，左邊的，右邊的，後面的。我覺得好玩，大家以為他們在車輛裡是隱形的。我喜歡看著他們唱歌，抽菸，摸臉、到處摸找小瑕疵。有時他們跟情人拌嘴，有時親吻，有時大叫，或是想伸手到後座去打孩子。有時車上是老人，而我想像他們全都趕著要去看醫生，卻遲到了。這是我最愛的節目，尖峰時刻的美妙舞台劇。我可以坐在車裡一整天，端著酒杯，冰塊慢慢融入烈酒中。

但最後我們到了飯店，我得去登記入住。我走向我的標準房，關上門，做我要做的事，然後不良反應出現，或是沒出現。誰也說不準。

不過這一回，沒有一樣按照計畫。儘管我仍遵循著同一套做法，至少是在早期階段，卻發生了意外，弄得我步行過來，偏離了軌道，深入了這群人之中，在元旦的一大清早。

我還看不出這是一個新的可能或只是老問題裝了新瓶，但是我知道感覺不一樣，我能覺察到有種改變要來了。只需要一步。我的身體已經開始移動，我想像著在磕磕絆絆向前時必須要說出她的名字，而我可能需要拉高嗓門才能壓過這些噪音——那些在熱身的雙簧管和薩克斯風和短笛。

「唐雅，唐雅，唐雅！」我會該多大聲就多大聲。然後又發生了一件事。之後又一件，但是長久以來第一次，我不知道會是什麼事。

我已經能感覺到解釋起來會很困難。我說的那些各種力量的運行，極其巨大又短暫，來了就去，天氣啦、錢啦、飛機啦，幾乎沒辦法展示給另一個人看。照我的看法：萬物皆有關聯，而一切都直繫於星球的運行以及我們自己的藍綠星球繞行太陽的軌道。

但是都在行李箱中：我們的旅行方式，去過之處以及趕赴之處，以及我們交會的小小片刻。所以我需要它們，你懂吧，我所有的驚喜包，完整的一系列蒐藏。

它們並不屬於我，照常理來說不是。不是我收拾的，我也從不知道內容物為何，要等到我安全地在房間裡，慢條斯理解開那圈拉鍊或是以鐵剪把鎖剪斷。之前不歸我所有，現在也不歸我所有，必要的時間一到我就會棄之如蔽屣。在我充滿希望的想像中，當我把東西再次送到遺失行李櫃台附近，東西最終就能回到家，但是我明白這一段不確定期對於原物主來說一定不好受，因為他們得填寫單子，描述外觀以及他們所能記得的內容物。

我知道是因為我——因為我的個人欲望以及我的個人行動，因為我們以這種方式交會——而使原物主經歷著一種獨一無二的絕望感，而同時我卻充滿了希望。而即使我離開行李轉盤的腳步是儘可能地迅速果斷——全身的每一個細胞都搏動著期待的能量——我也知道他們那漫長絕望的延遲只是剛剛開始。最有可能是他們還得煎熬上幾個小時。數不盡的時間會浪費在瞪著牆上的一個洞看，等待著某個不會出現的人。

我只是暫時借用那些行李箱，而且只根據需要。端賴我在裡頭找到什麼，我跟東西的連結有多深，它能把我和其他東西連結起來的力量有多大。那是一眼就能知道的。我一打開箱子，就知道成不成。一個好行李箱是個奇蹟，既親密又乖離；完全是我的，又完全不是我的。一切順利的時候，在每年的這個時段從洛杉磯機場被偷的行李給了我一條出路，一條穿越的路。

我知道聽起來可能有點另類，不過想要取得我想取得的東西是得冒點風險的。而雖然也許有較簡單、較可被人接受的做法，不過，相信我：結果是不一樣的。有可能就連你都曾經感受過，我所感受到的那一絲震顫，當你在救世軍的走道上閒晃，沉吟著這些人類商品背後的故事之時。又或許，某個極稀罕的機會，你把一隻手深深埋入失物招領箱，四處摸索，即使你知道、你知道箱子裡沒有一樣東西是屬於你的。這些跟我做的事也許只有最小的相近之處，是個開端，但是卻不一樣。我找的不是遺失或丟棄的東西。我最喜歡的行李箱裝滿了必需品，我們需要的東西，而我也極愛這些物品牢牢保存著原物主的能量。在我做我的事時，我就是在接上插座——在我剪鎖、打開拉鍊，打開行李箱，掀開時——我感覺到這股力量流貫我的全身，而我會讓它持續，一個晚上，最多一週，我盡力讓我們兩個都在，我和原物主，兩人一起，在同一時間在同一個地點。

我太想太想讓你了解了。

比方說有一次，我在一隻中型的紅色新秀麗行李箱裡找到了一個四處奔波的業務員收集的假髮樣品，有幾十頂，各式各樣的顏色、款式、長度，每一頂都整齊地裝在各自的特殊塑膠袋裡。我打開行李箱時，第一眼就被那麼多的頭髮嚇住，活像是箱子以極低俗的方式在暴露自己。我立馬就把箱子關上，深以為恥，但等我再看一眼，這一次好奇多於驚嚇，我的第二個想法是這是動物標本。可能是一個套組，充滿了稀有的皮毛樣本。但在上層的口袋裡我找到了那疊宣傳小冊，而在底下，另一層裡，有鏡子和金屬梳子以及超級黏的膠紙，我猜想是要裁剪成適當的大小，貼在禿髮的那一塊，將假髮與頭皮直接黏合。小冊中詳盡說明了如何測量頭頂與太陽穴禿髮部位的大小，客戶該如何改變習慣，最好是戴著假髮睡覺洗澡或是預估風力大小或是在假髮之上戴一頂棒球帽。全彩的廣告標榜只要你買一頂，女性就會「對你更有所求」。

這麼多的規則和策略，錯綜複雜得極其美妙。儘管我自己也開始禿頭，卻從沒考慮過戴假髮。我拆開每一包假髮試戴，看著自己每一次的改頭換面，變成一個幾乎是全新的人。有一次，我一次戴上三頂——金髮鬢角，紅色鬈髮，以及基本的褐髮——但是效果一點也不好玩。我搜檢完後寫了一張標準的字條（抱歉弄亂了！）放進白色信封裡，附上五張百元大鈔。然後我再放回機場，只借用了一晚。

另外一次，是一隻褐色的行李箱，外觀沒有標記，猜不出內容物是什麼，結果只是一些兒童的玩意。我不是那種人。兒童的東西對我沒有吸引力。袋子裡沒有衣服，只有填充動物和玩具，打發時間用的。我想像著坐長途車。著色簿和蠟筆，還有一個嶄新的妙妙圈，都還放在箱子裡。要是你不知道什麼是妙妙圈——我之前也不知道——那是個可伸展的彈簧，會自己下樓梯，一面發出吱吱聲。我的飯店房間當然沒有樓梯，所以我就讓它從床沿往下跨，沒成功，到頭來我只是把它拿在手上，來來回回移動彈簧圈，感受它從左滑向右又滑回來的重量。

另一個玩具是幻燈片機，一種介於照相機以及望遠鏡之間的東西，可以拿來看照片。外殼是紅色硬塑膠，頂端有槽口，讓你把一張白色圓形厚紙板插進去。圓紙板上有一列小攝影負片，也可能它們就是相片本身。你從幻燈片機的窺孔望進去，對著光源，窗戶或是檯燈，每次把扳機或是插棒，管它叫什麼，往下拉，就會前進一格。在一張圖片前進之後、另一張出現之前，會有一秒鐘的黑暗。每一張圓紙板都有自己的主題，而小孩子會有幾十張，裝在硬紙板箱裡。電影電視的劇照——歡樂滿人間（*The Partridge Family*）、樂一通（*Looney Tunes*）、無敵金剛（*The Six Million Dollar Man*）——奇珍異獸，從高空俯瞰的壯麗景色，世界各地的風景：鹽田、叢林、瀑布、火山。

還有一隻填充長頸鹿，這件物品跟另一個人的關係是那麼的深，我幾乎不敢碰。頸子的地方綻線了，縫補過許多次，可憐的長頸鹿連頭都抬不起來了，老是往我的手上掉。它的兩隻玻璃眼珠仍在，縫得很牢，但是一隻耳朵和一隻節瘤似的角——都是左邊的——被吸吮或是啃咬掉了。那得花上好幾年的功夫，我覺得，才能把這種質料分解，只使用人類的唾液，而不是靠撕扯拉拽。我對這種過程很熟悉——吸吮和分解——因為，我弟弟在年紀很小時睡覺總喜歡吸右手的食中兩指，最後他把兩根指頭的指甲吸得掉了下來，而且他第二個指節以上的皮膚總是又濕又白，整天皺巴巴的。我爸媽讓他睡覺時戴連指手套，拿膠帶纏在他的手腕上，白天則包繃帶。他們甚至還在他的指頭上塗辣醬，卻一點用處也沒有。後來，完全沒有原因，大概是他滿八歲後的那年夏天吧，他就把這個習慣戒掉了，又迷戀起別的東西了。

這隻長頸鹿的毛皮上褪色的淡褐色斑塊也弄髒了，我猜是芥末和番茄醬，還有那種原始的、最基本的那種暗暗的、熟悉的、幾乎無法移除的灰塵，只要跟一個人太長時間近距離接觸就會滲入。我跟它睡了一個午覺，又把幻燈機的所有圓紙板都看過兩三次，這才把東西都收拾好，在當天又送回機場，行李箱中還多了一個放了兩百元的信封。一共七百了。那個孩子——我不能肯定是男孩或女孩——幾個小時沒有他的東西也無妨，不過是小小的不方便罷了，我這麼告訴自己。

沒有我這種經驗的人可能會覺得事情總是這樣的，而且每一個行李箱裡都裝著假髮和妙妙圈和長頸鹿。他們可能以為這一行沒別的，就是見不得光的祕密和怪癖和搞神祕。可能他們覺得沒有兩個行李箱是一樣的，每一個都像指紋一樣是世界上的某一個人獨有的。天底下無奇不有，他們可能會這麼想，如果他們想到過我的話。每個行李箱都塞得滿滿的，拉鍊繃得過緊，一打開就會迫不及待地爆噴。

如果是真的就太好了。而也許，至少在剛開始，我非常渴望事情正是如此。說不定我在尋覓的就是這個。證明我們的無限，在無邊無際的差異之中，每個人攜帶著自己獨擁的那一小份，讓我們就是我們。

可惜，真相卻不是這麼回事。我仔細鑽研過證據，而我找到的結果令人洩氣。從我們的行李箱來看——至少是我親自檢查過的幾百個——很遺憾，我得說在這個世界上幾乎沒有什麼奇事，而我們差不多都是可以互換的。就如一千年後的考古學家在挖掘現場篩揀，我看過了一層又一層，掃除了一切雜物，雙手捧著最基本的工藝品。所以我才覺得極有資格說，客觀地說，我們大多數人，最關心的事幾乎不會超過穿什麼樣的內衣褲以及浴室中需要的東西。

我當然對這一切感到羞恥和難堪。我也應該。但是我不僅是為自己羞恥，不僅是因為我做的這些事，我是為我們大家羞恥。最有可能的是我也會為你羞恥，為那些你如此貼身攜帶的東西，為你收納的方式難堪。我沒法告訴你有時候有多糟糕，就在短短的幾秒之內，潛在的高峰瞬間粉碎，變成危險的低谷。要是我再打開一個行李箱，又發現另一件淡色的藍領襯衫被折成完美的四角形，袖子塞在背後，前襟突起，我真不知道我會怎麼做。我雖然不是個暴戾的人，但是上一次我發現這個，我握住了拳頭，狠狠地打了襯衫一拳，打穿了那排鈕釦。那些夏日洋裝和軟帽，珠寶，荒唐可笑的鞋子，同一趟旅行裝了兩三雙涼鞋，都一樣。泳衣上的吊牌常常都還沒剪掉呢！你能想像那有多麼令人失望嗎？翻揀我翻揀過的每樣東西：冒那個風險，投資你的金錢和時間和希望，帶著老虎鉗——或是在必要時購進大鐵鉗——然而，到頭來，卻毫無進展，只是又回到了同一家當地商場，又站在另一個旋轉販售架前。

盥洗用品總是最噁心的。我實在不懂大家對自己做的事。鑷子、棉花棒、剃刀、棉花球。小刷子、化妝水、乳液，不是用來保護你的就是讓你暴露在陽光下的。有的有牙線，有的沒有，有的有體香劑，有的沒有。旅行專用的小家電，可以吹乾或是拉直或是捲起你的頭髮。似乎沒有一樣是重要的。我使用別人的牙刷並不會反感，我也經常這麼做，這是最起碼的事。當然，我會等到刷毛徹底乾燥（偶爾我甚至用吹風機來吹乾）再放回原位，毫釐不差。

我覺得沒關係。我覺得讓原物主疑心，讓他們在拿回行李箱時問自己這一個基本的問題是好事。有沒有人碰過？這是最基本的問題，但是當你拿到的是標準型的行李——這種行李是我們共有的空虛——你還有什麼選擇？

我覺得牙刷只是最低限度。不過實在是太、太無聊了，我告訴你，走過整套儀式，然後就站在那裡，照鏡子，嘴巴含著刷毛，手裡握著一隻塑膠柄。別的東西都翻揀過了，直接走到極限了，卻無事可做，無事可做。試穿一件乾洗過後仍裝在薄得不能再薄的玻璃紙袋中的裙子又能獲得什麼？

在這件事發生之前，在唐雅的行李箱害我偏離常軌之前，我相信我真正想要的東西，我一直希望能找到的東西，儘管它逃避了我許多年，就是某個回家的人的行李，一只屬於一個離開了許久、剛結束旅程的人的行李箱。一名當地人，某個真正住在洛杉磯的人。我能想像他們在明尼蘇達州睡過頭，沒聽見鬧鐘響，急急忙忙把東西都丟進箱子裡——毛衣和髒襪子，可能還有一本書。有些東西會遺漏，其他的則意外被偷。或者我想像一對戀人，兩個人在極大的壓力下追趕行程，可是彼此的關係又是那麼親暱，他們的東西，可能是一個男的跟一個女的的東西，可能丟進同一隻箱子裡，之後再分類。我很想找到那隻行李箱，一隻箱子裡卻有兩種人生被混合在一起，完完全全是它自己的，完完全全是它自己，然後有一陣子完完全全是我的。我想要感覺自己是其中的一分子，以我的方式加入，嗅聞他們仍然殘留在衣服上的體味，尚未消退。我想要那樣的感受，但迄今為止，都還沒遇到。

不過唐雅的袋子卻不像那樣。它極為獨特。我是兩天前打開的，而且一直翻揀到現在。有時會在海盜電影裡看到，或是在王冠珠寶大劫案，或是銀行搶案之後：他們打開一只舊木櫃或是不鏽鋼公事包，所有的罪犯都湊上來，因為裡頭的東西——鑲紅寶石的高腳杯或是一堆原鑽擺在黑色天鵝絨襯墊上——真的在輻射，搏動著黃色的能量。飯店的燈泡射中唐雅制服上的亮片，就照射在奶白色的小馬甲銜接橫過胸口的紫色繫帶之處。第一眼我並不知道這是什麼東西。我沒見過，甚至想像不到世上還有這樣的東西，我從來就沒往那方面想過，不過現在，很顯然，我了解了有些人，一整個集體協調的團隊，滿腦子裡只裝著那個。

我用食指繞著肩帶，把衣服從袋子裡拎了起來。是一件式的——我猜它的剪裁像是一件泳衣，卻更結實。非常、非常沉重，精心裁製的，而且內裡加裝了肋材，一定是為了可以撐托住乳房，牢牢地扣緊每一處。這是一件真正的制服，專業用途的，極度貼身，而且每一吋都覆蓋著這種白色紫色的亮片，一定是一片一片縫上去的，說不定還是手縫的。穿這件衣服的人必須削足適履，而不是可以隨便換個尺碼。她的名字以紫色馬克筆寫在標牌上。

別的東西也都在，那些不同需求的用品放在各自的小袋子裡。兩條米色緊身褲，又厚又沉，還有擦拭得晶亮的白色及膝高筒靴，鞋跟還加高過。長到手肘以上的白手套，以及舞台妝用的化妝箱。另外，幾副假睫毛以及膠水。一頂塑膠頭冠和滿滿一罐髮夾。甚至是指揮棒，拆成兩截，隨時都可以轉緊接合，以及兩團透明的、沉重的絨球。這四樣東西全都放在一個綠色的塑膠盒裡，貼著「旋轉世界」的標籤，下方還有鏤空的隊名：聖母升天紫色特攻隊。他們會需要為這個額外付錢。如果那家公司是我的，我就會讓他們為個人化多付錢。

我敢說這類東西，行進樂隊隊員必須要穿戴的衣物，絕對不便宜，即使只是整支樂隊的一部分裝備，學校也得向中西部某間專門做這類東西的公司集體訂製。我想到了賣糕餅、洗車、募款活動。送整支隊伍去南加州。那會是一個畢生難逢的經驗。我想像著放學後每天晚上和每個週末的排練，和別的隊伍競逐，贏得地區冠軍，贏得他們去那裡的權利。單單是步上這個舞台，取得資格，對他們就是一切辛苦的代價，對她就是一切辛苦的代價。我感覺到那股急迫、那股興奮與失落，而生平第一次，我看見了我在其中的角色，那個問題以及那個可能。

我不喜歡體育，所以在這件事發生之前，我只能微感難堪地承認我沒聽過「玫瑰盃」或是它著名的遊行。而儘管我現在就身在其中，早上七點在集結區，被音樂和舞者和十萬朵以膠水固定的花朵包圍，我得再告訴你一遍，這樣的繁華熱鬧，這樣大規模的場面，我卻沒有什麼興趣。我已經努力再努力，可我就是看不到其他人看到的東西。如此的奢靡華麗是為了什麼？有時我覺得大家實在是太鋪張了。

比方說，在我去尋找唐雅的隊伍的路上，我得經過至少十二部這種巨型的平台拖車，有一輛是一隻龐大的電子鳥，起碼有五十呎高。鳥的胸口有門，我經過時是敞開的，我看著技師在給它熱身，研究機器內部的液壓系統。遊行期間，我猜這隻鳥的頭會一直點一直點，而每次它都會拉出同一隻二十呎長的蟲子。蟲子是藍綠色的，信不信由你，它還面帶微笑，舉著一塊牌子寫著「春天快來了！」

接著我又看到一座水下王國——美人魚和貝殼和巨大的保麗龍海馬——接著是一輛由狗駕駛的捕狗車，後面的籠子裡裝著穿制服的人類。然後泰山在藤蔓上盪鞦韆。天鵝和超級英雄，還有兩隻繫著繩子的汽球飄在三樓高的天空中——是傻大貓和金絲雀。由兩隊各十二名青少年負責扛著這些東西在馬路上走，努力不被突如其來的陣風吹倒。集結區中這類玩意一路蔓延，豪奢的道具一個接一個，摩肩擦踵，等著輪到他們走上遊行路線。我經過了九支行進樂隊跟另一支「特攻隊」，這才找到了我的紫色隊伍。

我的家鄉比較冷，通常我在比較冷的地方也覺得最自在。我不認為加州人會懂，說不定他們想像中的冬天是一段冷冰冰的遺世獨立，但是我們這些住在雪地的人，我們這些珍惜四季轉換並且期待夏天變秋天的人，我們知道。冷天比熱天要好，它會為你挪出空間。人可以適應寒冷，調整出較好的關係，需要的話還能再增加，再往上添一層衣物。所以我在這裡時才會總是戴手套，即使在熱天裡也戴薄手套。我喜歡那額外的一層薄膜。我喜歡對我觸摸東西以及東西觸碰我的方式有多一層的掌控。

但是比較熱的地方就不是這樣了。你能扣除的分量有限，你能拿走或脫掉的東西有限。一旦某個人在陽光下一絲不掛，就沒有轉圜的餘地了。我看到這裡公園裡的女孩子，面朝下趴著，直接趴在草地上，身下連一條毛巾或床單都沒有，她們的皮膚被幾千片獨立的葉子觸碰。她們看書、喝可樂、聽收音機。有時，她們只是閉著眼睛趴在那裡。在這些時刻，她們只穿著泳衣的下半身，上半身的搭扣則解開來，掉在兩側，所以她們的背部，肩胛骨間的V字型，肋骨的平行線條，一覽無遺。我替她們感覺，可我並不明白我究竟感覺到什麼。我覺得我主要是想給她們一條毯子。我要她們多少覺得比較暖和，雖然這裡，戶外的氣溫是攝氏三十二度。比較暖和，而不是比較熱。你明白兩者的差異吧。

衣服底下有人想要往外衝的話，衣服會顯得較飽滿。我在看著唐雅的隊伍作伸展操時注意到這一點。我撫遍了這件衣服的每一個亮片，我擁抱它，把布料緊緊按在胸口，感覺它的摩擦，它內在的深層結構。我昨晚甚至還和它同床，我在被子底下，在床的左邊，而那一整套制服則在右邊的毯子上面，靴子和手套和頭冠和指揮棒，仔細地擺好，面朝天花板。但是現在，我看著整支隊伍在我的面前反覆動作，蹲下旋轉，甚至抬腿向天，這種設計似乎有了一種它自己新穎的、幾乎是隨機的生命。

我很欣賞這些女人的紀律，她們精確俐落的動作。雖然我們仍在集結區——一處公園和停車場，還有幾條封街的馬路——而且仍是一大早，整個表演就在這裡上演了。她們排好了隊形，每一個都站在她自己活動範圍的中心，而且整齊劃一，將指揮棒拋向天空。然後她們一起數數，快速轉圈，雙臂外伸。有個站在邊線的人鼓掌數著拍子——「三、四、五！」——緊接著，就在數到五時，她們全部把腿高舉過頭，伸長胳臂，掌心向上，而指揮棒竟也準時墜落，從空中掉進了想掉的地方，就在需要它的地方。大腿齊聲刷刷落下，接著開始旋轉指揮棒，重量不輕的棒子從這手轉到那手，甚至還滾過她們的脖子。感覺上這個循環——拋擲、旋轉、踢腿、接棒、耍棒——可以持續下去，一遍又一遍，幾乎是永無止盡。她們四周有鼓聲咚咚，單簧管鳴響，長號的伸縮管伸到最長再往回縮，但是這支行進樂隊仍然專心致志、全神貫注。她們絲毫不受影響，跟我一樣，不會被配著肩飾的小號手或是搖曳的流蘇或是指揮的吼叫聲分散了心神。

在我剛找到她們，我那群獨特的特攻隊時，我步步為營。在我的墨鏡後，我掃描臉孔尋找她——他們隊形中的間隙，某個缺少了她最需要的東西的女孩子。我想像著她站在側面，一臉失望，還不知道我來了，我會為她撥雲見日。但是我到處都找不著她。

周遭擾擾攘攘，可供掩護的地方很多，所以我靜待良機出現。等我覺得大家都看著反方向時，我就把行李箱放在那棵樹的旁邊，就在他們其他裝備的邊上。距離夠近，不會格外惹眼，同時距離也夠遠，能讓人一眼就看見。我要她注意到它，即使她可能不了解：不可能的失而復得。然後我退到這個位置，五十呎外，開始守候。

這是十三分鐘前的事，但是至今仍不見動靜，我怕可能已經太遲了。我帶著這個行李走了幾哩路，完全靠我自己的兩條腿，這可是我從沒做過的事情。而且我來這裡完全是因為我想要親眼見證——人和物的重逢，以及流貫她全身的寬慰之情。這會是我的第一次，我這麼靠近的第一次經驗，而且我知道一切都井然有序，每樣東西都已經物歸原位，靜待物主使用。而且我們應該還有很多時間。遊行至少還要一個小時才開始，她可以在五分鐘內換好衣服，準備就緒。只需要有某人看見。某人需要了解在他們面前的東西是何其重要。

說不定只需要再推一把。

我做了決定，我變換重心，正要向前邁步，呼喊她的名字，卻感覺到有一隻手按上了我的肩膀。抓得死緊。

我轉身，是一名年長的女士，約莫六十幾歲，但是她穿著紫色的特攻隊外套。她的雙眼清澈，姿態像個運動員，雙肩挺直。

「你以為你是在看什麼？」她問我。

也許，到頭來，我們要的就只是一丁點的洞察力。而在這裡，在加州，他們給你的就是這個，在一月一日的一大清早。我知道沙漠中央，或是山頂上，有冬天的光，冬陽甚至能夠穿透到雨林的地表。但是不像這樣，我們全都在光裡，同時卻一絲亮光也沒有。沒有亮光直接照射在一座百萬人口的城市裡。

通常，我會盡量追尋陰影，看著陰影在一整個早晨裡漸漸縮回到我們身上，再在下午慢慢伸長。我等待著那一刻，在正午時分，世間萬物都只是它自己。狗和樹，消防栓，長椅，電話亭，摩天大樓和甜甜圈店。在我面前的這個女人，那邊那個靠著低音號休息的男孩。有那麼一剎那，光直接在頭頂上，感覺像是一切的黑暗都燃盡了，邊緣的一切都不再模糊。一個人來到這個地方，來當一個結結實實的物體，是世界上所有東西中的一個。那至少就是我來的原因，好讓我能夠接近他們，雖然我不是其中的一員。

「妳說什麼？」我說。

行進樂隊的隊形中有一個隊員停下了練習，走出了隊伍，上前來，表情改變，變得犀利。我們的視線交鎖，她拿著指揮棒，她的水晶球，比著我的胸口。

「那一個，」她說。「他。」

教練看著她，再回頭看我。她的手仍牢牢按著我的肩。隊員把指揮棒從我的胸口往下移到我的身體，接著再沿著人行道，比著樹旁的行李箱。

「行李箱是他丟下去的，」隊員說。「那是我們的，去年隊上的備用品。我們裝了三個藍色箱子，只是為了預防弄丟。」

我轉身甩開女人的手，邁步就要走。

「抱歉搞錯了，」我扭頭大聲說。立刻就拔腿小跑，接著加大步伐，全力衝向在街角那等候的幾千名觀眾。我知道只要跑到那邊就會沒事。

「別跑！」教練大喊。「那個男的，攔下他。」

我經常會想到後果。有時我甚至會夢到。一股注定的力量終將讓我得到教訓，像是這個女人以及她指導的這一支行進樂隊。我想像她派出他們來追我，他們帽上的紫色羽毛上下起伏。我能看見那個畫面：最終被抓，我的身體被完全包圍，而我站在中間，某個男生揚言要拿木琴打我。結果事情卻不是那樣發展的。

他們幾乎是立刻就放棄了，而我逃走了，毫髮無傷，又一次。這是因為他們今天有更重要的事要做，而我在宏大的計畫中無足輕重。

不過，我還是會好奇唐雅是何許人也。

此時此刻她在這裡，在南加州，在玫瑰盃遊行中嗎？她仍是隊員嗎？她仍是個聖母升天紫色特攻隊嗎？抑或有可能這一切——行李箱和樂隊，服裝道具，教練，彩排，以及整個活動——已是她的過去？有可能的話，我很想會會她，提出我的問題，自我辯解。我覺得我做得到，我覺得我能讓她明白我手中拿著她的制服時是什麼樣的心情。她合身的制服，她的緊身褲，她的長靴，她的手套，她的頭冠，她的髮夾，她的假睫毛。我會想讓唐雅知道我仔細地照看這些東西，而且我盡了全力把東西送還給她。我要她知道我付出了額外的心力，如果她想要，如果她有空，說不定我們可以在表演結束，所有的混亂都理清之後見個面。我們可以做她想做的事，飛去她想去的地方，因為這世上沒有讓我負擔不起的花費。我可以出錢，而且我也會出錢，無論是要付什麼。

底下的一切

EVERYTHING UNDERNEATH

這是我和我妹的故事。還是我妹跟主詞的我，或者我妹跟受詞的我？

那是一九八二年，我們在海邊，無所事事，真的。只是想占住我們的位子，儘可能多占據一點空間；我們面朝下漂浮在海上，整個頭埋進水裡，大概七呎深吧。手臂和雙腿張開，成大字形，皮膚曬傷，我們透過塑膠罩瞪著眼，呼吸時發出喘息的聲音。噓，噓，噓。海水混合著口水混合著空氣，在我們同樣的橘色管子中晃盪。我們的媽在季末買一送一大拍賣會上買了兩副面鏡和水下呼吸管，我們想要立刻就試。

水下很亮，所有東西都在搏動，像是活得特別鮮明。面鏡是全新的，仍然乾淨，而且超級透明，幾乎就像還有東西可以比一乾二淨還要乾淨。每一個獨立的東西的邊緣都變得銳利，你甚至能看到一顆顆的沙礫在海潮中移動，看著海浪向後湧動。也許，我該說我感覺到的多過於我看到的，海潮在我的身體四周流動，就跟水下的世界總是動個不停一樣，而且都得要回到所來之處。同樣的水，同樣的分量，只是在往相反方向流動時更安靜，泡沫更少。

我們沒有很厲害。儘管我們努力划動雙手，以完美的步調踢腿，保持姿勢，我還是感覺到水的拉扯，就像是我們的腳踝上綁著鬆鬆的繩索，隨時會把我們拉到海洋真正的無底深淵裡。

我同班的一個女生，茉琳達，做過一次這種報告。我們可以選擇我們想要的任何能源——風力或是太陽能，只要是替代能源都可以——但是她決定要選潮汐能！我記得她用藍紙和綠紙剪出字母，黏在折成三折的優質紙板上，我們每個人都必須用這種紙板來做報告。她很會畫畫，我仍然能清楚地看見：那麼的整潔俐落，有條有理，而且簡單易懂。

在中間的紙板上，她畫了一張圖：芬迪灣水底下的渦輪機；而且她用了點和箭頭來說明水是如何從一頭進來，循環幾個小時，然後又從另一邊流出去，流動的模式就像一個數字「8」。就跟我家像馬戲團(Family Circus)漫畫一樣，有各種交會的足跡。在她的七分鐘報告中，她讀著索引卡上的資料，僵硬地指著這個，指著那個。她告訴我們這一切都是月亮和外太空的關係。

這是那個女生說的。

我坐在座位上，主要是在想我自己的報告，在心裡排練要跟同學說我的核子反應爐的哪些優缺點，可是她說到這裡時，我抬起了頭。茱琳達揮動手臂，揮在她的展示圖上方，在我們的頭頂上方，而且跟我們說月亮推動著全世界的水。

她唸著一張卡又一張卡上的事實。只要我們能夠找出方法，就會有那麼多的乾淨兆瓦供我們使用，因為月亮很可靠，她說道，而這些水也都有必須要準時抵達的地方，還有專家知道水在幾時會到哪裡。這不是什麼新知識，她說。注意海洋的人都知道，像漁夫。對漁夫來說，海洋可能比我們想像的還要可以預測。

她唸到了最後一張卡。「總而言之，」她說，不過我已經聽夠了，我當時是這麼想的，就跟我現在的想法一樣。

妳是說這一切都是月亮做的？

愛說笑，茉琳達。真的是愛說笑。

這裡不是私人海灘之類的，不是私房景點，只是在家庭擁有的露營地旁的一段海岸。不過我們這輩子的每年夏天總會來個一兩次。我們的媽媽喜歡這裡。兩邊的峭壁筆直，感覺上幾乎像是另一個世界，而且還有一條淺淺的溫暖小溪蜿蜒穿過沙灘再注入海洋。更小一點的時候，我們會在小溪裡玩，在淡水裡，水深只到我們的膝蓋，或是在稍微旁邊的地方拿我們的塑膠桶和鏟子蓋沙堡和護城河，拿漂流木築水壩。有時候我們會把彼此埋起來。我們其中一個會躺下來，另一個拿鏟子挖沙子，拿水桶舀沙子，直到躺著的人只剩下一張臉露在外面，而沙子重重壓著她的胸口。

我們以前是不准走進大海的。

「我要妳們待在這邊，不准去那邊，好嗎？」我們的媽媽會這麼說。而且她會一根手指指著小溪，另一根手指比著海浪。

這是兩個夏天之前的事，我們還沒有面鏡，也不是真的會游泳——我們現在也不算會——所以我們從沒有機會去看看這個地方是什麼樣子。完全浸在海裡或是從上面看水下就是不一樣。

我猜就像是電影——可能不管什麼都像電影——但是我們不是只在看電影。這個感覺像是我們在拍電影，真正的自然紀錄片，而且是我們自己動手拍攝的，在正確的時間聚焦在正確的細節上。然後最後我們叫來那個英國傢伙，幫忙配音旁白。

「條紋狼鱸，」他會這麼說。「龍蝦。看！」

而且真的就在這裡。龍蝦，那麼深的褐色，都像黑色的了，就走過岩石上，兩隻螯高舉在空中。喔，不是在空中。你知道我的意思。龍蝦是在水裡舉著兩隻螯走路。然後是我們無聊的魚，一尾條紋狼鱸，只是出來晃晃。他張開嘴巴，又合上。他的鰓拍動。

曬在我背上的陽光感覺變得太熱了，我不禁猜想我們像這樣子在水裡多久了。只是東看西看。沒什麼看頭，真的：就是沙子和礁石，還有一段扭曲變形的人造金屬，我猜是床架或是舊式彈簧床的彈簧，泡在水裡好多年了。然後一條懶洋洋的鱸魚跟一隻散步的龍蝦。我們這裡又不是夏威夷，也不是珊瑚礁，充滿了各式各樣色彩明艷、讓你大開眼界的珍奇動物。我們這裡是新斯科舍省以及靠近海岸的水中生物。

可是感覺上仍像是超級悠久了。這是另一件我沒辦法不去想的事情。就好像這一切，現在這底下發生的一切，我們第一次看的這些東西，一直在同一個地點以同一種方式發生、發生、發生，幾乎是從開天闢地以來。

我妹伸手到底下去撿了一隻寄居蟹，它的殼只有爆米花的大小。她用拇指和食指捏住，拿起來。她的手才一碰到，她的皮膚才擦過它的殼，寄居蟹就整個縮了進去，偽裝成石頭，在她手心裡的一顆小石頭，等著她放掉。然後等她把它放掉，咻，它又出來了，匆匆忙忙爬走，想要找掩護，或是爬進什麼夠大的東西底下去躲開她，躲開我們，無論它是把我們當成了什麼。

呼吸管仍然有化學工廠的味道，但是你還是得舔，而且只能用你的臉頰和嘴唇把黑色的橡皮栓輕輕捏住，不能太用力咬或是繃緊下巴，只是含住，而且你需要繼續呼吸，你必須冷靜，你必須專心。這有個祕訣，其他人都能擅長這種技術。你要吸進天空中的空氣，再從這個小小的狹窄空間吹回去。這就是換氣，緩慢穩定。

噠、噠、噠。我們找到了韻律，就變得容易了。我朝我妹豎起大拇指，就像個貨真價實的潛水員，而她點點頭。我覺得她甚至還笑了，她的上唇向上抵著透明的鼻罩。那感覺幾乎像是種真正的連結。通常，在陸地上，我們受不了彼此。她不管做什麼都慢得不得了，就連我們跑來這裡，跑進海水裡，我也不喜歡她踢腿的樣子。她好像老是朝我這裡歪斜，尤其是在她想要游得快的時候。好像她整個人側傾，太歪向另一邊了。

我跟我妹。我妹跟主詞的我。我妹跟受詞的我。我們的感情一向不好。我們只差十一個月，同父同母——同一個媽媽，就在那邊，在沙灘的毯子上，看她的書，還有同樣的爸爸，無論他現在是在哪裡。可是我們總是有這種隔閡。十一個月太近了，可同時也太遠了。

今年夏天稍早的時候，我們剛因為蹦床吵了一架，都還在生氣。蹦床不是我們的，就只是一張蹦床。那是一九八二年，別忘了，在我們親眼看到蹦床之前，我們覺得沒有正常人可能會擁有自己的蹦床。你得是馬戲團的人，或是為了參加奧運在訓練之類的。但是蹦床卻在那裡：出乎意料，沒有人在跳，擺在雜草過長的院子中央，在一棟我們從沒去過的不知名屋子後面。

我們去拜訪的女士是我媽以前認識的人，一個她想要再聯絡上的人。

「吉娜啊，」她在開車途中一直說。「吉娜啊，拜託。妳們記得吉娜。我們一天到晚在說她。我跟吉娜，吉娜跟我。我們是那麼要好的朋友。上一次見面不可能那麼久了。唉唷，妳們也去過啊。我跟妳們說妳們去過，妳們只是不記得了。」

有蹦床的那間屋子裡沒有小孩子，或者該說不再有小孩子了，至少沒有小孩子存在的痕跡。只是一個黑色的長方形，占據了院子的三分之一空間，一匹燙人的尼龍布，四周雜草叢生，有的還從它的彈簧長出來。綠色和黑色接壤，一個包圍著另一個，讓它的樣子像是一個巨大的洞，或是一處施工區吧，院子中央的一個巨型的挖掘坑。

吉娜看見我們從後窗瞪著它。

「那個東西，」她說，一面搖頭。「不知道我現在該拿它怎麼辦。不可能拆得掉。」

她已經擺出了一盤店裡買的餅乾和兩瓶常溫的兩公升可樂，一個不鏽鋼碗裝了市面上最便宜的芝多司，吹進太多空氣的那種。

她和媽喝紅酒吃真正的全麥薄餅、麗滋餅乾、蔬菜薄脆蘇打餅，木砧板上還有兩種時髦的乾酪。

我們看著她們的東西，再看我們的，再回頭看外面。

那裡有一架蹦床。

「去玩吧，」吉娜說，揮手要我們穿過滑門。「隨便玩。」

接著她的手在點心上方劃了一圈，像在施咒。對我來說，那一刻，芝多司變得特別橘、特別乾、特別中空。

「放心吧，」她說。「等妳們回來這些都還在。」

然後兩個女人碰杯，哈哈笑。

「終於，」我們離開房間時我聽見我媽說。「我等不及要聽妳說了。」

我們正滑開院子的門，我妹卻搶在我前頭，給了我的肚子一拐子，肩膀向旁邊轉，好方便從門縫先鑽出去。我看著她歪歪斜斜衝過草皮，最後兩步踢掉了鞋子，然後撲在金屬邊緣上，爬上了蹦床。

我們的身高不一樣，我跟我妹。我們的體型也不同，而且以後也不會相同。我想我們已經都了解這一點了。一個人會漸漸知道另一個人的身體，尤其當那具身體一天到晚都在你的身邊，而且你還得分享你的臥室，甚至是睡在同一張床上，蓋同一條被子。而且是好幾年，每個晚上，每天早上，另一具身體老是在旁邊。而你們兩個，你跟這具身體，最後不是太舒服就是太不舒服。另一個人老是在你的面前換衣服，剝掉全身的衣物，一絲不掛，把超噁的內衣丟在地板的正中央。

說到底，我們是不同的兩個人，我妹跟我，而且不可能不注意到。我常常在思索這件事。她的頭髮跟我的頭髮，有直有捲。或是我的皮膚跟她的皮膚，在太陽下的反應。或是我們的腿和胳臂，我的軀幹和她的軀幹，長度和厚度。我們兩個的編碼一定出了錯，在我們的身體深處，在我們細胞的內部，我知道一定有關鍵的序列不是我們共有的。打噴涕不一樣，眉毛不一樣，有雙關節的大拇指不一樣。沒有神祕難解的相似處。我們絕不會被人誤會是姐妹。

可能沒什麼，可我有時會納悶我們那麼多不一樣的地方。我好奇我們是不是有什麼毛病，或者情況不同的話是不是會比較好。不同於我們已經有的不同。而我不禁猜想別人是否也覺得，或甚至注意到這些。像有時候，我想像我們年紀比較大，別人開始來拜訪，而說不定他們想親我們或是做什麼事。我們現在還不認識的人。我們還沒遇見過的真正好看的人，可是也許他們將來有一天會想跟我們在一起。

也許他們的其中一個會有偏好，喜歡某種體格勝過另一種體格。我常常想這個，想得很多：會在我的將來之中出現的那些超級好看的人。而且我想要在那個方面做得更好。不管這些人最終幾時出現，我都要他們喜歡我勝過喜歡她。

也許學校是對的，他們在健康教育課教我們的那些東西，他們發下來的白痴冊子。也許我們目前只是處於一個緊張的階段，而這個階段最終會過去，可是我覺得我可以一眼看見一切，而且我時時刻刻在比較。這個女生或是男生跟那個女生或是男生比。還有這些表演和那些歌曲。還有我們的老師：太想裝酷的跟那些很差勁的、老是在星期二和星期四穿同一套衣服的。還有那些爸媽和他們賺的錢。所有明顯的地方。真正的馬球衫，上頭有個真正的馬球員高高舉著真正的馬球棍，或是另一種，冒牌貨，只是一個紫色的人騎在一匹紫色的馬上，球棍不見蹤影。瑪丹娜跟辛蒂．羅波比，但是貝琳達．卡萊爾比她們兩個都漂亮。誰也不想承認，但就是有人做得比別人好。

不過在蹦床上，那種壓力多少消失了，至少消失了一秒。沒有安全網或圍欄的蹦床，四周什麼都沒有，只有空曠的天空。你彈跳了一會兒，感覺你在身體裡，然後暫時又跑出了身體。我妹跟我，我們兩個練習了幾下，終於抓到了竅門，知道了兩個人在同一個蹦床上跳終究會想通的事情。一個上，一個就下，沒什麼大不了的。其實還挺好的。蹦床就是要這麼玩，一個彈開，接著是另一個。然後切換，再換，再換。

蹦床的黑色表面比我們想像中要堅固許多。可能是彈簧舊了，更緊、鏽更多。而且我們彈跳得比我以為的還要更高更高。

一開始，我盡量專心盯著我妹的頭髮。我觀察，等著那停頓的瞬間，幾綹頭髮各自落在她的肩膀上，就在她又要往上跳的時候，然後，到了最高點，頭髮在她的頭四周散開成一個很大的圓圈，像是科學中心展覽裡的那種光圈，雖然她的身體其他部分已經在下墜了。有這種時刻，上和下的動作將近的一瞬間，你不知道結束了沒，也不確定這是最高的高點或是最低的低點。

我說不清為什麼會這樣。我們已經交會過幾十次了，停格在所有常做的姿勢上，就是每個初學者都會做的簡單動作。膝蓋收到胸部。然後是相反的，四肢大開，腳趾碰手指。幾次以坐姿下墜，再用臀部反彈回站姿。我妹甚至還試了一兩次空翻，下巴往下壓，用力向後擺動手臂，前空翻。我還是不知道該怎麼做。

而且我還是不知道她為什麼停下來卻不告訴我，連個信號也沒有，活像我根本就不在那裡。我妹。她就自己決定她玩夠了，該休息了。前一秒她還在往上蹦，一點事也沒有，可是下一秒她就掉了下來，把膝蓋彎得非常非常低，幾乎是整個人蹲了下去。而這個動作吸收了幾乎所有的彈力，讓她不會再往上彈。

你知道這麼一來我就慘了吧。我還在空中，我們的動能翻轉過來，而我們剛剛在蹦床上來回上下的協調波全都跑錯了方向。我那時還沒察覺到，我沒有預見到，但是我現在想通了，而在我心裡我能把那一幕放慢，讓它一次只跑一格。在我下墜的時候，蹦床正向上彈，反彈我妹，所以床面不是吸收我，而是抗拒我，把我推回去，一點彈性也沒有。它不是一張塑膠布，而是一面向上升的地板。

我的舌尖夾在牙齒之間，而在下墜和上彈的力道互撞時，我咬斷了舌頭。但願你不會發生這種事。舌尖好像有幾十萬兆個神經末梢，而我的全都在同一個時間斷掉。

在事態完全走樣之前，有一道閃光，我們兩個都看到了。我的舌頭碎片，完全跟我分離開來，卻仍然在黑布上移動，像是葉子上的一隻小蟲。

我接下來感覺到的可能是最純粹的痛混合了最純粹的憤怒。我整個人爆發了。

「我恨死妳了！」我放聲尖叫。

我的舌頭已經腫了，嘴巴也流出血來。五秒鐘之內就會腫得像一個拳頭大，我連話都不能說了。可是我還是說了。

「妳是故意的。妳死了最好！」

她看著我——我沒辦法形容是哪種表情，我的腦袋沒辦法吸收——但是她搖頭，然後跪了下來，動作那麼輕柔，把我的那片舌頭撿了起來，捧在手心裡。

「我的天啊，」她說，接著又說：「快點，跟我來，快點。」

她向我伸出手，伸到我的腋下，扶著我翻下了蹦床。

沒有餅乾，沒有可樂，沒有芝多司。

只有衛生紙和紙巾和包在紅白格紋擦碗巾裡的冰塊。

媽跟吉娜喝光了杯子裡的酒，我記得媽鼓著臉頰，像在吹小號。她看著吉娜。

「沒完沒了，」她說。

「對，」吉娜說。「這輩子都不會完。」

不過在我們離開她的車道時，她微笑著跟我們揮手。

「謝謝妳，笛，」她說。「至少是前半部。我們改天再聚。下一次早一點，好嗎？」

然後我們三個人坐在蛇行的汽車裡到醫院，我把冰涼的擦碗巾按在臉上，沒有人說話。接著我們三個在急診室坐了六個小時，然後什麼醫療也沒有。

「繼續冰鎮，等它自己好，」醫生說。「到時就知道。濕組織癒合得很快。也許用鹽水漱口？我們能做的不多。應該幾天後就會恢復正常了。」

「那這個呢？」我妹問，把那片舌頭拿了出來，放在保麗龍咖啡杯裡用冰塊冰著。我都不知道她握著杯子一整天，還一直換冰塊呢。我的那片肉現在是灰色的。

「抱歉，」醫生說。「把它交給我，我會妥當地丟掉。」

「我們不用把它縫回去？」

「不用，」她說，「不用縫回去。」

這件事讓我想起了那件事。水裡的鹹味。回家以後我得每隔三小時就漱口，而即使我拿湯匙攪拌，有時鹽粒還是會黏在杯子上，我仍能感覺到在我把水吐出來之前，鹽粒在我的口腔裡旋轉。

在海裡就像那樣，不過味道卻比較濃，雖然沒有什麼固體殘留。你想想，那麼多的鹽，整個山脈一樣多的鹽，完全被海洋吸收，在水中懸浮，還真詭異。

這天——野餐再加上最後一次到海邊來——應該就是最後了，是夏天的結束。在又一年的閉關，回學校，回去上班，恢復日常生活之前最後一個自由自在的下午。溫暖又輕鬆，這是原本的計畫。打瞌睡，身體衝浪，喝冰桶裡的飲料，聽收音機，在沙上散步。我們卻連一樣也沒做。這種等級的活動。呼吸管和面鏡就擺在一個特價的鐵絲籃裡，旁邊是剩下的露營裝備和玩具水槍和殺蟲劑，而且價格實在是太便宜了，不買可惜。

每一套都裝在各自的網袋裡，有拉繩和一個彈簧塞扣，不過我們決定今天不用蛙鞋。我們大概試穿了兩分鐘，在毛巾上走來走去，可是應該要把腳卡住的那塊緊繃的塑膠太硬太乾了，把我都不知道有的腳毛給拔掉了。現在我覺得也許是應該要把蛙鞋帶到海邊來的，把放進腳的部位先浸濕再穿上去。下一次我們就知道了，不過你也知道是怎樣。我們太興奮了，而且覺得那樣子太麻煩。我們留下的足跡像是某隻巨型史前鳥類在東聞西嗅我們的東西時留下來的。

我又看著在水裡的我妹，研究著她動手指的方式。五指張開，每根指頭之間的距離儘量擴大，她想要讓每一樣東西流過。

然後我低頭看自己的手。十指併攏，幾乎像是一支槳，我才能把水推開，到處移動。

妳看到了，妳看到了，每一天——妳妹做的事跟妳做的不同——還有每一晚妳也有相同的問題。

妳為什麼會像那樣？妳到底是在想什麼？

我們漂開，可能有十五呎。被吸入我們各自的風景裡，我們需要專心面對的兩個分隔的現實。

鱸魚比我們早發覺。那條魚就在這裡，卻一轉眼就不見了。我知道牠一定是動了——絕對是動了——可是牠消失得快到我連牠有動作都沒發覺。

然後還有別的。另一種存在進入了畫面，我覺得牠一點也不像條紋狼鱸。牠是從周邊滑進來的，既緩慢又慵懶又流暢，就在我妹跟我之間，好像牠沒別的事要做，在這個世界上一點目標也沒有。我從沒在真實生活中看過，可是我當下就覺得跟牠很熟。我覺得水裡的這個東西一直都在我的身體裡，至少是一直在這裡跟我們在一起，始終遙遙相連，雖然牠通常生活在非常遙遠的地方。

那個旁白的英國人又上了我的身，而感覺上他在我們這一輩子的每個週日下午都在說這個。他冷靜地敘述所有不相關的事實，只看著圖片，說起來是那麼的輕鬆順暢。地球上最古老的動物，從恐龍時代就沒有改變過。從不睡覺，從不停止移動，不能倒著游，骨骼全部是軟骨。那一排排的利齒，不停地向前推移，替換，就像販賣機裡的螺旋結構。

我看著牠，胃糾成一團，我能感覺到胃酸流進我的核心。

牠向側面游動。八呎，可能九呎長，像一根搖擺的肌肉棒子。牠繞著我們轉了一圈，再從中間穿過。我的眼睛對上了牠的眼睛，圓得不得了，眨也不眨。沒有接觸，只是牠動作的一個回響，海水就往上推，以很大的力道衝擊我。牠有一道很明顯的傷疤，一條氣泡狀的線條，可能有三呎長，在側面，像一道閃電。是很久以前受的傷。

我轉向我妹，看著她的臉上掠過驚慌。

我也能從她的呼吸管聽到。停頓一下，然後是大口吞氣。水和空氣混合，錯了。

我想要把一個想法傳達給她，一道心靈感應波：**別動。不、要、動。待在那裡。**

我覺得牠穿過了海水。

拜託，拜託，拜託。

拜託聽到我沒說出來的話。

鯊魚的視力不好。我也記得這一點。

有點像蝙蝠。所以牠們是靠這種奇怪的電子感應器在狩獵——我覺得是在牠們的鼻子裡——而這種東西能察覺到任何突然的抽動，肌肉的爆發。

牠又繞了我們一圈。藍色的背鰭，就跟你想像中一模一樣，還有白色的肚子，和兩側的裂縫，像工業通風口。牠的每一部分都是真實的，在這個世界上，在這裡。就跟我們在一起。牠的長鼻子，上下顎接在一起的樣子，幾乎像在冷笑。

牠的尾巴上缺了一塊。牠尾巴一動，來了個急轉彎，用力打到了我妹的腿。

我看到她縮了縮，一秒之後，她的腿上綻開了一朵對稱的紅花，就像是在起司刨絲器上摩擦太久。

我不知道我應該要怎麼辦，但是我知道情況很糟糕。水裡就算只有一絲血跡也夠了。

而同時，我沒辦法讓腦子不胡思亂想。像是客觀上來說很不公平，也不對。牠不應該在這裡，這麼北方，不可能。你屬於澳洲，我心裡想。或是別的像那樣的地方。塔斯馬尼亞海岸。而且你應該永遠也游不到新斯科舍省。什麼基本的東西，一種原始的力量應該會讓你早就回頭了才對。

我現在傳遞給我妹的是不同的訊息。而這也是我第一次感覺到什麼不同。我們之間有什麼變換了。可能是跟我的蹦床之恨相反的感情，不過應該還不是愛。

來，我心裡想，同時用手指比著岸邊。**跟我來，我們得現在就動，慢慢的。**

厚實的橡皮帶子咬進了我的頭。半個小時之前，我懷疑我把金屬栓插錯了洞，這下子我知道了我的懷疑沒有錯。

牠不規則地轉了個圈，像個掉落的東西，然後就游開了。

我伸手給我妹，我們兩個一起轉身，朝岸邊游去。

我們的媽媽開始大吼大叫，我希望她能閉嘴。拜託。而且我真希望能看見這一幕，一次全部看見，但是角度要更好。我真希望我能到那裡，到水面之上，在沙灘之上，在媽媽的頭頂之上，卻是在天空之下。一架好梯子可能就夠了。我只是想要跑到我自己的腦袋以外，我想要能低頭看到外面的東西。

有個女人在呼喊，兩個女孩子，以及劃過空氣的一道魚鰭。

「蓓卡？」女人說。她這時站了起來，朝岸邊跑。「凱特！」

她的聲音顫抖，卻努力保持平穩，喊出她們的名字。

「回來這裡，孩子們。馬上過來，好嗎？回來這裡。快點，拜託。」

我碰了碰我妹的肩膀，我們兩人的視線交鎖。我們都在面鏡裡哭。

妳跟我，我心裡想。**我跟妳。妳跟我。什麼跟什麼啊**？以及**對不起**。以及**我是大白痴**。

我知道接下來的五秒鐘是關鍵，我們只需要捱過去。然後是再五秒，然後是再五秒，再五秒。

我們的腳踩到了海底，我們向前撲，手腳並用。現在我們的腳趾之間是沙子，我們的指甲裡也是沙子。我們吐掉呼吸管，伸手到腦後去拉扯橡皮帶，把面鏡摘掉。現在我們兩個，一起站在清朗的天空下，我們吸進大口的空氣，有多大口就吸多大口。一遍又一遍。

我碰她的腿，五指張開按著她的傷口。混合了水和鹽，血被稀釋了，看起來比實際上嚴重。一陣微風吹過我們的頭，可是我感覺不到溫度。我們的媽大聲喊叫，但是我聽不到她的聲音。漠不關心的雲。我們半爬半滑逃出了大海，逃上了岸邊。好像我們是這樣子上岸的第一種生物。

演藝人

THE ENTERTAINER

SCOTT JOPLIN

INTRO

達爾西

這首歌曲的問題是人人都覺得他們已經知道後面的旋律是什麼了。

我都還沒開始彈呢，不過我可以告訴你演奏時會發生什麼，結局又會是什麼。頭三小節不是問題。上面甚至寫著你應該要彈奏得「不快」，所以我會平穩地彈奏，從右至左，音符持續向下、向下、向下，再直接彈到主旋律，然後聽出這是哪首曲子的時候就會來臨，而在場的所有人都會在同一時間聯想到：喔對，這是〈演藝人〉。而他們會有同樣的期待，等著接下來的旋律，特別是中間那段，你需要彈奏得快捷、清晰、精準。他們期待的會是這個部分，著名的迂迴轉折，可是即使是在練習時我都沒能把這些部分彈奏得乾淨俐落，而除非是奇蹟發生，不然今天也不會有所不同。此時此刻，我是唯一一個了解情形有多壞的人，但是再十分鐘我的災難就要把室內的每個人都吞沒了。

我們的小音樂學校通常每年會有三次獨奏會，一次是聖誕節，一次是

「春天」，還有這一次，萬聖節。沒有正式的評比，比較像是迷你音樂會，約莫一個小時長，在布魯克菲爾退休生活綜合大樓的地下室舉辦。他們讓我們使用他們的「社交娛樂」區，旁邊就是小吧台和撞球桌。最旁邊還有一條保齡球道，只是我從沒見過有人用。

舞台不到一呎高，鋼琴也不是鋼琴，只是一個卡西歐鍵盤連接了一顆九〇年代的音箱，還會滋滋叫。再來是供唱歌使用的麥克風和樂譜架。節目表只是一張影印紙，列上了每個人的名字以及他們要表演的曲目。最上頭寫著：黛比音樂學校——各年齡層都適合！「學校」這個字的s還是個高音譜號。我的鋼琴老師蘿克西是主持人，輪到誰表演她就會請誰站起來，表演結束後再感謝他。

我今年的服裝是要向大衛・鮑伊致敬，我也知道我花在服裝上的功夫比練琴的時間多。我姐在我的臉上畫了兩種色調的閃電，一模一樣的角度和顏色，正好切過我一隻閉上的眼睛，再之字形橫過我的鼻梁。我還噴了紅色的頭髮定型劑，穿了釘亮片的襯衫。萬聖節是我最愛的節日，我總是會想辦法弄個好造型，不過別人幾乎都不知道我扮的是誰或是我有什麼用意。

觀眾主要是家人——爸媽、手足、祖父母——以及五、六十位住戶。我猜大概有一半的人有那個注意力，能欣賞表演。其他則是非常安靜地坐著，通常是被綁在椅子上，感覺上他們是用力瞪著中距離，在看我們這些人看不到的東西。老而彌堅的人自己走下來，有些使用助行器，助行器腳上嵌著網球，而且主要是女性，幾個朋友坐在一起，嘰嘰喳喳，可能還有兩三對是夫妻。其他人坐輪椅，由員工推進來，有些人的椅背上還縛著氧氣瓶，瓶子上有透明管，非常細，延伸到他們的耳後，再拉到上唇，伸入兩個鼻孔裡。

有一位女士的大腿上擺了一個填充玩具，一隻黑白色花貓，而且她一直在拍它。

「沒事的，」我聽見她被推進來的時候對玩具貓這麼喃喃說。

「接下來是凱薩琳，」蘿克西說，「她要為我們演奏的是〈友情歲月〉。」

凱薩琳七歲，大概吧，但已經是個人精了。她戴了一頂有絨球的羊毛帽，帽上裝了毛根做成的天線，穿一件紅白雙色圓點套頭毛衣，兩側縫上八條塞了填充料的過長襪子，八條襪子用幾乎隱形的線連接在一起。彈奏之前，凱薩琳先鞠躬，用一隻真手向我們揮手，而同一側的四隻假手也跟著揮舞。演奏時，她的真手上戴著一元商店買來的黑手套，而她的所有昆蟲手也都戴著手套，所以全部的八隻手都隨著音樂舞動。

蘿克西老是說在最後鞠躬下台時你是在向觀眾致意，感謝他們，而不是他們在感謝你。鞠躬是在感謝你分享的連結。凱薩琳做得很完美，既自然又敏捷又真誠。她跟別人不一樣，那些在她之前上台的男生：一個非常普通的綠巨人浩克，穿著沃爾瑪買來的垃圾袋做的舞台服裝，還有兩個沒有雷鳴閃電的雷神索爾。

「感謝主還有這隻小蜘蛛還是瓢蟲還是什麼別的蟲子的，只有這個還值得看。」

有位老太太跟另一位老太太說。她們就坐在我的家人後面，但是嗓門太大，人人都聽到了。

「是啊，」另一位老太太說。「真不知道我們幹嘛要來。那邊那個穿藍色的小胖子？妳聽了沒有？簡直是虐待。」

我掃瞄了節目表以及我前面的椅子，看還剩幾個。兩隻貓，幾個說像又不像的殭屍，一個科學怪人，還有幾個打曲棍球的懶鬼現在「裝扮」成曲棍球員。

表演者的順序是按照年齡或是能力反過來排列的，而我是倒數第二個。我，然後是艾佛利．布藍布里吉壓軸。艾佛利比我小兩歲，但是他已經比我高兩級了。他穿著白長褲白皮鞋白襯衫，鈕釦一路扣到領子，不過這是他平常的獨奏裝束，不是舞台裝扮。節目表上說他要演奏巴哈的賦格曲。

我連什麼叫賦格曲都不知道，但是我知道艾佛利一定很拿手。他如果沒有把握是不會來這裡的。

我看著他，納悶著賦格曲以及其他那些我不懂的音樂術語是啥。然後我決定了。這是最後一次我排倒數第二了。今天之後，這次之後，我不玩了。

很可能我只是選錯了曲子。在錯誤的時間選了錯誤的曲子。〈演藝人〉應該要有一種特別的散拍節奏，而且一定有個技巧能讓你的左手以一種節拍彈奏低音部，而你的右手則彈奏出所有的輪轉和較高音階的和弦變奏。可我就是做不到。

我最大的問題是蘿克西有多愛這首歌曲，尤其是那種忽快忽慢、迴旋往復。我知道她想要讓我也領會到她的領悟。

「我跟你說，達爾西，這首曲子你可以發揮的地方很多，」她在第一次推薦這首曲子時這麼跟我說。然後她分享了她的小花絮，我們每次挑選曲目時她都會這樣。「這首歌剛推出時，轟動得不得了，他們以前賣的都是長捲軸版，可以直接插進自動鋼琴裡。」

有時我覺得這就是大家會覺得他們知道這首歌的原因。〈演藝人〉已經被彈簧加壓到每個人的大腦裡了，隨便一按就會釋放出來。我猜他們喜歡的是這首歌似乎可以自給自足，反覆不停，可是對我來說卻只是一直老調重彈，沒完沒了。

我曾經跟蘿克西這麼說過，但是她說：「不可能。」然後指著第三頁的一段。「看這裡。這裡有很多空間讓你自由發揮，有幾小節還可以即興創作。」

蘿克西說經典曲目之所以經典是有道理的，偉大的作曲家一定知道自己在寫什麼。爵士、古典、藍調。她是在聖弗朗西斯塞維爾大學念音樂的，我覺得她的碩士學位大概也是在那裡修到的。而且她還有一支樂團，在全城表演。「蘿克西及子夜靈魂機器」。我在電線杆上或是酒吧外或是超市的佈告欄上都看過他們的黑白影印海報。

海報上的蘿克西化了舞台妝，她的臉上可能還有小亮片，我覺得她穿的是金黃色的洋裝，頭髮很蓬鬆，她閉著眼睛，嘴巴張得好大。就像藍調靈魂歌手艾瑞莎（Aretha）或是爵士教母伊塔・詹姆斯（Etta James）一樣。蘿克西握著拳頭，頭向後仰，歪在麥克風的側面。管樂部在她的後面，伸縮喇叭手的手臂伸得很長，鼓手的兩隻鼓槌都舉在半空中。即使海報就貼在愛犬美容和庭園造景的名片旁邊，你還是能感覺到樂團全都在把同一個音符高聲傳達出來。

我跟她在一起時她不是那個樣子的。上課時，她就只是她，運動衫和牛仔褲，坐在黛比音樂學校的一間小練習室裡的鋼琴椅上等。

我們是大概一個月前挑選這首歌的，而且一直在一點一點分段練習。把曲子拆解到最難的幾段和最複雜的指法。蘿克西指著樂譜，再比著琴鍵。

「這邊會比較難，」她說。「不過放心好了，我們會解決的。」

她直接在我的樂譜上寫筆記，我們決定好下星期我應該要練到哪裡。

「我需要你練到這裡，」她說，還在第四頁的底下畫了一個箭頭一個驚歎號和一顆星星。

當我們在鋼琴椅上靠著彼此時感覺是滿容易的，而我總覺得我應該可以在七天之內練到她要求的程度。可是在家裡自己練習卻總是另一回事。我一個人彈，不管多努力，我就是做不到，有時候感覺是音樂本身，是樂譜，在嘲笑我。

你是怎麼啦？它們在問。

不過情況不是一直這樣的。我以前很行。在家裡，我有三張同濟會競賽的頭獎獎狀和兩張二獎。黛比音樂學校裡只有艾佛利的成績比我好。

我不知道是怎麼回事。有時我覺得我的音樂天份真的在流失，好像是我腦子裡的螺絲沒拴緊，以前有的才華在一點一點遺漏。我覺得我差不多再也留不住什麼了。書看不下去，學校裡老師上的課聽不進去，沒辦法專心聽蘿克西使盡全力想教會我搞通這一堆圓圈和點、線條和符號。

別人跟我說沒什麼：「只是一個階段，」他們說。「早晚會過去的。」

不過我想要有個更好的解釋。像是教科書裡或是手冊上寫的，有一頁可以讓專家指著說：「就在這裡，達爾西。問題就在這裡，而且我們要這麼解決。」說不定來個基礎的注意力不足過動症診斷，好像每個人都有那種病。或是那種輕微的社交焦慮失調。

學校裡好像有一整隊的教育專家和輔導師東聞西嗅在找這類問題，可是他們卻從來沒有聞出我有問題。我得自己預約時間，回答他們所有的問題，而他們則寫筆記，可最多也只是這樣。大家都很客氣、有耐心、表示支持，可是沒有一個人開出處方或是給我一個特別的寫日記計畫。

「我們兩個月後再看看，達爾西，」其中一位醫生這麼跟我說。我們坐在那張面對面的椅子上，她傾身靠得很近。「我知道有時候感覺很難熬，不過我覺得你不會有問題的。」

我在她說這番話時點頭以對，我可能還微笑了，但是我形容不出聽到這種話時心裡有多嘔。

我以前可以坐在鋼琴前幾小時，只是胡亂彈奏，尋找旋律，組出自己的曲調。琴鍵就像是電腦鍵盤；一整個下午，一整個星期的下午都可以消磨在其中。而現在我媽直接用烤箱的計時器在規定我。

「拜託，」她說。「就給我二十分鐘。來嘛。」然後藍色的數字開始倒數，可我卻一次也沒辦法堅持下去。

等今天結束，而我徹底完蛋，我在黛比音樂學校就學滿七年了，最後三年都跟著蘿克西學。七年的鋼琴課，我卻沒有什麼成績可以示人。我會看譜，會數拍子，對，卻不夠好，只算混得過去。而且我們每週會上一頁理論課。要是你在我面前擺一首基本的樂曲，我彈得出來，但是我知道我遠遠落後於那些真正勤於練習的孩子。我遠遠落後於我應有的程度。

在布魯克菲爾的觀眾中，我爸媽跟我姐坐在我旁邊，我知道他們也不容易。我昨晚熬夜，想臨時抱佛腳，吵得大家都睡不好，而今天早晨，我又開始犯一大堆的新毛病，連最簡單的部分，我以前能夠一氣呵成的部分都彈不好。

有一個地方，旋律交叉重疊，然後變強成另一種聲音，我就是彈不好。每個小節都編了號，我覺得困難的地方都劃了三、四條線或是劃了三、四個圈。一週又一週，蘿克西使用不同顏色的墨水。可是我的腦袋和手指就好像是連線中斷，我就是沒辦法按照拍子、按照正確的次序敲下那些鍵。

要是你面前有樂譜，我可以幫你指出確切的位置。「就是這裡，等著看，」

我會說，「你就會知道了。」

大概是一個小時之前吧，我爸第兩百次聽著我彈得亂七八糟，他站在那裡，大概在我後面一呎，一句話也沒說，只是看著我撞牆，一次又一次。每次都是同一個地方，交叉重疊再變強，我老是繞不過的彎。

「你知道我們是付錢給你上課的吧？」他終於說。「不是免費的。你母親跟我。我們一直在付錢，可是我再也不知道我們究竟是買了什麼了。」

我爸媽不會樂器，也不愛好音樂，看我在音樂廳裡演奏並不是他們的夢想。他們只是不想讓我自己給自己丟臉。而且他們也不喜歡我「浪費機會」或是浪費別人的時間。

「艾佛利．布藍布里吉彈得怎麼樣？」我母親有一次這麼問我，雖然她知道我最討厭她拿他跟我比了。「你覺得他需要用烤箱定時器來規定他練琴嗎？還有蘿克西。你有沒有想過蘿克西是怎麼想的？」

6
f
p
f

蘿克西

妳對這件事的想法是大家應該要讓真正知道的人，也就是專家，說實話。至少一次，妳會想要一根手指按著那個音符，就按在那個點上，然後告訴某人不是那樣彈的。

「不對，克莉絲妲，錯了。」

或是，「看上面寫什麼，馬修。讀樂譜。樂譜。認、真、讀。」

或是，「仔細聽，蕊貝卡。聽妳自己彈的。妳真的覺得應該是這樣彈的嗎？」

上課遲到十分鐘是標準情況。三十分鐘的上課時間已經過了三分之一，而且無事可做，只能希望不會延長到二十分鐘或是取消上課。妳不停看手機，看是否有簡訊或是電郵，一點點基本的禮貌。查看再查看，一分鐘裡五次，然後是更多的等待，一個人坐在鋼琴椅的一端，面對著另一個破爛琴鍵，身後是另一扇中空的塑膠門。

應該是違法的，而且可能就是，黛比音樂學校對這種事的政策。如果學生曠課，而且不上課就不付錢，那她就把損失算到老師的頭上，妳就拿不到鐘點費。

可是妳能怎麼辦呢？在教學線上「自由的」半小時妳能去哪裡？教室就是牢房。妳如果站著伸長手臂，可以同時碰到前後的牆壁。

大多數的學生終究會趕來。七點四十二分，下一個法語教學班的女生帶著耳機和 iPad 到了，仍穿著足球制服，腿上戴著護具。她把三明治包裝紙丟進垃圾桶裡，擦掉臉上的美乃滋。

黛比摸索出了一套生意模式，而且她很懂她的客群：忙得不可開交的以及過於高估孩子的。家長和孩子都只是裝裝樣子，什麼也不能專心，所以也不真的指望會有什麼成果。

「不好意思，蘿克西，」這個女生，安珀，說，低頭看著慢跑鞋。「這個星期沒什麼機會練琴。」

「沒關係，」妳跟她說。「妳會多少就彈多少吧。」

讓妳唯一有希望的是達爾西。達爾西以及，凱薩琳吧。可是她年紀太小了，而他可能太老了。你也知道。在這個歲數，介於十二到十五，是他們通常會放棄的年紀。可是妳覺得他不一樣——妳知道達爾西不一樣——所以妳稍微鞭策他，妳讓他彈〈演藝人〉，儘管他很明顯不想。妳希望這份挑戰，中間的部分，輕快又要求技巧，會讓他再次發光，帶他跨過那條線，來到妳這邊的世界。也許這個孩子只是腳步稍微一滑，並沒有完全消失。還沒有。

不過現在妳就沒那麼肯定了。也許犯錯的是妳，而等這件事結束，他就會跑到另外一邊去，跟其他的人一起。妳一天到晚在想這件事。妳自己在那個年紀時是什麼樣子。妳必須要遵守的練琴時間表。早晨六點起床，練九十分鐘再上學，放學後再練兩小時。週末加倍。十二歲，每天早上給手指熱身，然後，一整天在學校裡，感覺到背部、肩膀、脖子僵硬。妳的老師們，先是珍妮．卡爾吉太太，然後是丹尼爾，然後是英格麗，督促得那麼嚴，連妳爸媽都被嚇到。皇家音樂學院的高級課程，七、八、九級。正式的考試，通常在六月舉行，還有寒冷的冬天獨奏會在寂靜的大學音樂廳裡。妳童年時的音樂人全體出席，一身黑衣，批評指教。有些人很棒，有些人則否。

可是妳再也不知道了。可能那種方法也一樣差勁，甚至比黛比對這些家庭做的事更壞：拿他們的錢卻什麼也沒有給他們。有時候感覺像不可能的任務。妳從兩個相反的方向拆解同一個問題，結果還是得到同一個垃圾結果。記得吧，妳在達爾西的年紀，有次數了二十五顆強效止痛藥排列在梳妝台上，然後掃進手掌裡。妳有一罐橘子汽水，正準備要吞服，妳瞪著手掌，想像那是一把水果糖。塞進去，嚼碎，喝水，吞嚥。夠讓妳的胃酸分泌了。那就是妳的計畫。只要能病到可以跳過七級的考試就行。但是即使是在當年，妳也知道行不通。妳想著別人會怎麼樣，會怎麼說。

在黛比音樂學校不會有那種風險。家長分散又冷漠，不停把孩子帶過來，而妳唯一的工作就是把他們放上輸送帶，把他們向前送。半小時三十五元，巴斯蒂安鋼琴教程一、二、三級，以及全部的克里斯多福·諾頓（Christopher Norton）曲子。只要每個學生都來上課，練習彈琴，每半小時就三十五元（實際教學的老師拿八元），這一套流程幾乎是全自動的。

黛比音樂學校其實只是一棟低收入屋的一樓，她廉價購得，又切割成八間隔板練習室。主要是鋼琴和吉他，還有唱歌，另外一週兩次的布雷頓角古提琴。等待上課的人有兩張人造皮革沙發可坐，還有一間真的需要專業人士來好好清潔一次的廁所。再來就是八扇中空的門和八間小教室，教室裡有八個跟你一樣受過專業訓練的人在等待。

黛比為了增加收入把樓上的公寓出租了，但是誰可能會住呢？沒有隔音，而學唱歌的孩子每天晚上都在唱〈小丑進場〉（*Send in the Clowns*）和席琳·狄翁的〈愛無止盡〉（*My Heart Will Go On*）。

鐘點費只是還可以，一小時十六元，對，但鐘點卻不夠。這是音樂界，妳告訴自己。技術上來說，妳仍然在音樂界，彈琴，唱歌，而且還有薪水拿。靠妳的藝術而活，妳唯一的收入來源。

別人問妳是做哪一行的，妳說我教琴，星期一到星期四，然後週末再帶著樂團到外地表演。

不過這話也不全對。不是每個週末，去的地方也不是很遠。有兩場長期的表演是固定的，週五在伯利藍調屋，隔週一次，以及每月一次在同伴之屋。然後就看妳能爭取到什麼地方。可能一年三次在特魯羅鎮或是愛德華王子島，或是每學期在沃爾夫維爾或安提哥尼許或蒙頓某所大學的表演，能度過冬天，熬到旅遊季就行，那時就有各種慶典，妳還可能會有機會跟真正有預算的節目製作人說上話。

「子夜靈魂機器」一直都在為錄音存錢，只要能讓每個人都挪出時間來就會排練。主要是在小喇叭手萊爾的地下室裡練習。大家的大衣都堆在烘乾機上，鍋爐總是會打斷練習。樂團有六首優質的自創曲，在酒吧裡表演過，可以收入唱片，那是一張專輯的三分之二分量了。

〈你為什麼不過來找我？〉是妳寫的歌，已經是經典了。有些夜晚觀眾甚至還指名要聽，而現在樂團往往會把它留到安可曲。如果還能再創作出三首這樣的歌，那專輯就可能有機會。可是妳有一年半寫不出東西了，而如果還寫得出來，那就得越快越好。妳的鼓手戴米恩還有別的選擇，而妳知道他正在考慮。

「妳自己看看，蘿克西，」上週他這麼跟妳說。他把鼓架在萊爾的冰箱旁。「我們不能一直這樣子下去。」

戴米恩是新斯科舍省最好的鼓手，不，是沿海各省最好的鼓手，也可能是妳在真實生活中能近距離接觸到的最優秀的鼓手。隨便找個人問問就知道，問他們子夜靈魂機器的節奏組。戴米恩．庫里斯和貝斯手卡洛斯．羅德利格茲。這兩人的默契，從來沒有漏過一拍。每一次表演，戴米恩都在後面低調保留，而妳覺得不會有什麼精彩的開場，直到他倒數，火力全開。但是人人也都看出了這一點。「城裡人」，哈利法克斯靠港口那邊來的一個印第安民謠搖滾樂團，你覺得他們話太多，也太會哀，但他們幾個月前簽了合約，是貨真價實的合約。現在他們有了個全國巡演，連魁北克都會去。每隔一天就一場表演，已經預訂並且付錢了，而且一切都不需要勞煩他們自己動手。

當然，妳不願失去戴米恩還有別的原因。六次的性關係只有在絕對正確的時刻發生。深夜，表演的鳴動聲仍然在妳的腦子裡迴響，觀眾的能量仍在流動，而機緣就在此時此刻。你們兩個都知道何時該走，接下來該發生什麼，接下來又是什麼，直到最後一刻。跟戴米恩，有時妳會覺得因為你們玩音樂，所以兩個人分享一種重要又嚴肅的連結，而表演後兩個人走到一塊，跟妳和別人這麼做是不一樣的。不過也只有你們兩個都在同一個樂團裡才行得通。

有些晚上妳在台上，站在最前面，在樂器和觀眾之間，妳能感覺到拍子從後面傳來，穿過妳的身體，傳向人群。大鼓穩定有力，感覺好容易，對戴米恩來說，找到並駕馭那股平衡。坐在他的凳子上，兩隻腳踩踏，膝蓋抖動，好像他的工作就是把所有的空氣貫注到這個房間裡，讓每個人都生氣勃勃。而他的手腕在那半秒鐘之內，在他必須碰觸的每一樣東西上翻滾。然後是卡洛斯，砰砰砰砰，然後是萊爾和小喇叭，然後是妳的琴鍵發出幾聲和弦，還有吉他。還有妳的聲音，不見得壓過其他聲音，卻總是在其中，就在需要的地方。試音完成了，妳要的混音從監聽喇叭裡傳回來。

樂團有它的聽眾，忠實的粉絲從不錯過一場表演。他們主要是兩種人：喜歡跳舞的，每晚都來，從第一首跳到最後一首，比妳出的汗還多。另一種是寧可坐著的，總是坐同一張桌子，真的在聽歌，一面點頭。子夜靈魂機器表演時，幾乎沒有人會說話。

而且，沒錯，是有計畫的，一張歌單，不過不一定要按表操課。樂團會看氣氛，再炒熱或是稍微緩和。

這種事由卡洛斯決定。他盯著每張臉以及身體的擺動。一首歌逐漸結束時，他會在舞台上繞行，跟樂團的每個人以眼神溝通。

「全部結束？」他問道。「現在？」

就跟所有人一樣，妳點頭、妳微笑，因為他的建議總是對的。

在排練後只剩你們自己時，在洗衣機和冰箱旁邊，有時有人會用手機播放史提夫．汪達（Stevie Wonder）的《生命之鑰》專輯（*Songs in the Key of Life*），讓它隨機播放，而妳會靜靜聽或是跟著演奏幾段。隨便哪一節都行。這張一九七六年的雙專輯和附加的特輯，每一首歌，每一秒鐘。整整兩小時。

有些深刻的樂曲妳想要分享——諸如〈如同〉（*As*）、〈另一顆星〉（*Another Star*）、〈土星〉（*Saturn*）——但是在表演時，妳得取悅聽眾，所以妳就挑那些大家耳熟能詳的曲子，只給他們暢銷金曲。

〈公爵閣下〉（*Sir Duke*）的喇叭和銅鈸齊響。

你們為這個吵過。可能是史提夫．汪達寫過的歌曲中最棒的開場。

萊爾跟戴米恩跟卡洛斯跟妳的歌聲。

簡單的歡樂，完美的演出。有時候，妳不敢相信有多簡單。一支酒吧樂團只需要上台去，給聽眾他們想要的歌曲。妳唱完兩段主歌和一段副歌，然後妳把麥克風比向聽眾，高舉在他們的頭頂上。妳面前的一百具身體揮舞著手，搖動著屁股。

「大家一起來！」妳大聲喊，但有時妳覺得妳太明顯了。說不定他們能聽出妳聲音中的懇求。

不過，用不著擔心。歌曲雖然是在五十年前寫的，現在仍然像新歌。這些人，他們感覺得到。就在當下，而且一唱再唱。妳思索過太多次：妳和樂團以及聽眾以及史提夫·汪達在一九七六年創作出的音樂之間的聯繫。其他的什麼都沒法比。

唯一的問題是妳不喜歡啤酒，尤其是生啤酒，尤其是不喜歡用它來頂替貨幣。用來酬謝你們提供的勞務。妳知道酒吧老闆的手頭跟妳的一樣緊，可是，唉。他們看見你們在表演前四小時抵達，他們看著你們帶來所有的裝備，而且他們知道是租來的，而且他們絕對看到了你們有七個人。

隔週的星期五，兩百五十元，七個人分，加上能在門口拿到的小費。外加三壺店家自製生啤酒，比百威淡啤還不如，只在這間店裡才有。黑板上寫在最底下的名字。馬力或是私釀之類的名稱。妳拿到的就是這個，三壺馬力，七個人分。而你們從十點表演到兩點。那些琴通寧一概得自己掏腰包。

昨晚妳回頭看著戴米恩，同時敲打兩面銅鈸，妳看到了未來。在他高飛之後的一段時間。他無動於衷的臉從「城裡人」刻意發佈的動態上瞪著眼，他們狡猾的網站上有一切狡猾的商品以及一長串的演出日期，而你們這六個人只能在Instagram上知道他的消息。而那張唱片始終沒錄成，沒有專輯名，永遠只有六首曲子。而子夜靈魂機器的殘餘成員——可能只有妳和卡洛斯和萊爾和一票臨時替補，只來得及學會一半歌曲的陌生人——一塊站在路肩，在趕往席德尼的路上在凱利斯山腳下換輪胎。妳轉過頭以為可以看見未來，但就是沒辦法讓未來發生。

所以妳今天早晨起來，弄好影本。黛比的兒子要參加曲棍球錦標賽，所以她不能來音樂會，但是她會付整整六小時的鐘點費，只要妳負責安排布魯克菲爾的舞台裝置和拆卸，並且主持節目。現在是萬聖節，妳想著可以再來點最少量的裝扮，妳可靠的拉基德·安裝扮，但是到最後，妳沒那個心情玩變裝，所以現在妳在舞台上，帶著妳原來的模樣。

妳身邊的辛蒂把小丑們送上舞台，在他們終於到齊之後點著頭。妳脫水的大腦血管不停搏動，妳的口腔裡還有一種額外的鹹味。起初妳覺得會是個笑話——黛比音樂學校的主持大師在演奏會上使出渾身解數時吐在一個孩子的鞋子上——可是妳感覺到嘔吐的感覺真的越來越強，一張口就會噴出披薩和琴酒，妳不得不轉過身去，摀住嘴，硬生生嚥下去，這個有毒的、幾乎是固體的一個嗝。

妳把名單上的名字一個個劃掉，然後妳抬頭看，看到他在那兒，達爾西，跟他的家人坐在一起。輪到他了。這些孩子有百分之十五壓根就沒來，而某部分的妳不禁好奇達爾西為什麼不索性就加入這群人，放棄這次表演，下一次再試。另一部分的妳愛他，妳現在明白了。妳一定是愛這個孩子，就算只因為妳極不願看見他即將陷入的慘況。他跟著妳學了三年——每一週，總是提早到，而且，至少直到最近之前，總是在絕佳的狀態。而且他是妳在黛比學校裡教過的最好的學生，曾拿過同濟會比賽冠軍。可是妳覺得大家現在卻都在離開——放棄了，向前走了。

「現在是達爾西，」妳說。

他閉著眼睛，低著頭，可一聽到他自己的名字，他就抬起頭來，跟妳視線交會了一秒，隨即眨了眨眼，眼皮上的閃電跟著慢慢地動，然後站了起來。他那樣子真像是人海中的一隻孤雛。

「達爾西是位非常、非常棒的鋼琴手。」妳想要確定這句話被麥克風傳出去。「而他要帶給我們的是他詮釋的〈演藝人〉。」

他側著身子走出那一排座椅，經過了他的家人以及那些殭屍和金剛戰士，再直接走在中央走道上。妳看著觀眾轉頭，想要看見他。那是大名鼎鼎的大衛．鮑伊誒，妳心裡想。幾乎可以說是微妙微肖。

妳看著他走路，注意到他們不認得他，妳不由得又一次納悶，納悶大家不知道自己不知道的事情有多少。他大步經過她這排的尾端，有位老太太嫌棄地縮了縮身體，而且還真的躲開了一點。她扮個鬼臉，朝他不屑地揮手。

「誰能告訴我，」她說，聲音太大了，「為什麼這個地球上的小孩子就沒有一個能是正常人？」

他們會來是因為今天是週末，而且這是今天唯一能選的節目。一點點不一樣的東西。只要可能，他就喜歡來點變化，只要能讓她擺脫沉默的循環就好。她已經三天沒有說過一句話了——很長的時間，但還不是最長的——而且他覺得也許換換風景會有幫助。他為她穿衣，打開電動牙刷，把震動的刷頭伸進她的口腔，從前排刷到後排。每天早上都重複同樣的事。醫生說這部分應該要保持常態。刷牙，再來梳頭。她喜歡梳子一次又一次刷過頭髮的感覺，一路梳到那束頭髮的髮梢。

接著是耳環，每天都不同。他把金屬針插入耳洞，再到後面去把暗扣扣上。她現在坐著，他們兩人看著同一面鏡子。他拿起了口紅，她就嘟起嘴巴。

「真乖，」他說。

然後是拖著腳步到門廳。這是他的目的。讓她追上來，讓她跟他一樣能走多久就走多久。這個女人以前是跑馬拉松的啊，拜託。他不要她後半生都困在椅子裡。他們搭電梯下去交誼廳，在第一排就座。他向護士和他們以前的牌友打招呼，她則點頭，但是他知道她的反應一點意義也沒有。他想要的是一個能夠真正扭轉一切的契機，某個大大悖離一般守則的事件。去年，他發現只有極重大的驚嚇才能帶回熟悉的突觸，點燃光芒。那時她就會稍微出來，回來。也許只是一次眨眼，或是揚起一道眉毛，或是歪歪頭，但是他能看到她在那兒，那個以前的惹禍精。

聲響更好。要是有人在餐廳掉了一隻杯子，玻璃砸碎的聲音就會讓她轉頭。「什麼聲音？」她會這麼跟他說，清晰明白。彷彿那種噪音是一種打擾，插入了他們早已不再有的交談。

去年一直都是他一個人自問自答。

「那些學音樂的孩子又來了，」他今天早晨對她說。「我們去看看吧，妳覺得怎麼樣？」

她按摩臉頰，又拉拉右耳。

「很好，」他說。「聽起來不錯。」

她以前會彈一點鋼琴，小時候學過，遠在他認識她之前，但是他總是很訝異她還記得那麼多。他們以前有一台從不調音、幾乎不碰的海因茨曼鋼琴，擺在客廳裡比較像是放盆栽和家人相片的架子。要是感恩節餐桌放不下了，他們也會把幾盤馬鈴薯泥或是蕪菁放在那兒。不過一年會有一次，在聖誕節派對上她會把琴蓋打開，從琴椅裡把僅有的一本樂譜拿出來，彈奏每一曲頌歌。只是和弦和一些旋律，足以給某人伴奏〈快樂的聖誕老人〉、〈我沒拿到禮物〉、〈歡樂頌〉，甚至還有〈好國王溫徹拉斯〉。

他們五年前選中這個地方，兩人一塊走進來，筆直穿過滑門，後面拖著行李箱。兩人都八十幾歲了，但是仍行動自如，他覺得比他們認識的人都來得強。即使他們被這種病症徹底包圍——他們最好的朋友還不到六十歲就得了這種病——他們仍然沒有預見到他們自己會生這種病。她以前每天讀一本書——懸疑小說和真正的犯罪故事，放蕩的羅曼史——每個月都有幾箱，在教會拍賣上購入，看完後再拿去賤賣。

他們的第一間公寓還不錯，就是一般的公寓房，東西幾乎都是從舊家搬過來的，只不過是全放在一個樓層裡。他們還有一間全尺寸的廚房，隨時都可以自己做飯，甚至邀請朋友過來，停車位也靠近大門，想出去就出去。

剛入住的一陣子他們還滿喜歡的，可他就是沒辦法甩掉他們為了搬進這裡來把真正的家賣掉的想法，而現在有別人，更年輕的人睡在他們的臥室裡，看著他們的壁爐，也沒好好照顧花園裡的樹籬。

他儘量為了她保持正面的態度，儘量不去覺得他們現在會是在一個他們按理說要住一輩子的地方一直是「過客」或是「貴賓」或是「住民」。對她是比較輕鬆。她總是向前看，計畫旅行。孫子第一次來時，她帶著他們參觀，儼然這裡是什麼渡假勝地。

「還有好玩的呢！」她跟他們這麼說。

然後到游泳池，再去那個小小的影廳，這裡可以預約，大螢幕上會播放你想看的電影。餐廳裡還有霜淇淋機。她在一個小時之內帶他們參觀了所有的設施。八十歲的人了，仍然能把他們操得筋疲力盡。甚至打保齡球還來了個全倒，當然是用兩隻手拿球，而且動作也不快，球卻滾在球道中央，擊倒了每一支球瓶。

當然，這裡的費用也掏空了他們。銀行存款，他們的退休金，也動用了緊急預備金，但是他知道這些錢如今只能用在另一個方面了。頭幾週他發現自己幾乎是不間斷地在算錢。多少錢，撐多久。他們過去幾年的積蓄只換得眼前的幾週幾月。他滿肯定他們勉強可以對付得過去，不需要麻煩孩子們。可接著病症開始遞增了——其實，他覺得應該說是遞減才對——而每一個階段的醫藥費都不同。他們得一直搬家。

首先搬到C區，布魯克菲爾在那兒實行「記憶輔助計畫」，接著又遷到D區，接受全套「進階照護與安全」照顧。每道門上都有對講機和電子鎖，定期會有護士來探視和衛生檢查，無論為多小的事情進出都得要簽名。到處都是警衛和員工。清潔人員有鑰匙，可以打開每一個房間、每一個抽屜。陌生人想來就來，亂翻他們的東西。

等他們終於住進這裡，D區的核心，他不得不把一切都載明留給大女兒，包括代理權，而他知道他的四個孩子全都盡其所能來資助他們。他不肯向任何人要求支付全額，但是他知道數字大到不是他們供養得起的。

她不再有靠近爐子的權利，連烤麵包機都不行，浴室也充滿了危險。而她的飲食必須更嚴密地監控，淡而無味的食物安排在枯燥乏味的日程表上，而他連想喝杯咖啡都難。雖然他自己是不需要這類照顧的，他還是陪著她一起走過每一個階段。他們是絕對沒有錢可以讓他另外在A區獨住的，再說他也需要離她近一點。這才是真正的原因。他無法接受不能跟她在一起。不然的話，就只能把她交給公家機關，那就連一點選擇、一點自由都沒有了。只要有空房，他們就會把她送過去，無論是在哪裡。

他認識幾個住在哈利法克斯的婦女，她們的丈夫被送到了雅矛斯或布雷頓角，幸運的話，大約一個月能見一次面。他們的朋友老是要他開車。他能離開她一天，送他們到雅矛斯，單趟三小時嗎？雖然他們知道他在高速公路開車，或是夜間開車已經不再覺得自在了。

事情是從花園中心開始的。他們以前有一小塊地，在達特茅斯公寓的一塊社區花床。五排番茄、黃瓜、生菜，還種了花。他們圍了籬笆，擺了行道石，以免踩壞了什麼。雖然跟他們的舊院子不一樣，卻夠大，而且植物一直在變換，可以讓他們有事情忙。

他們的工具都在後車箱裡：桶子、鏟子、肥料、帽子手套，除蟲劑和防曬油。他們還帶了自己的折疊椅來，常常來個野餐，兩人以前常在晴朗的下午跟那些使用社區披薩爐的人坐上幾個小時，她喜歡跟他們交誼，跟每個人聊他們的獨門餅皮和醬料，或是自個兒哼歌除草。

可後來有一天他們去貝克大道的肯特建材行，瀏覽商品，漫步走過堆滿了護根和黑土和木屑的棧板，他從架上挑了一袋種子，高舉過肩。他以為她就在後面，半步之外。

「這個怎麼樣？」他問，但一回頭卻找不到她。

起初他也不怎麼在意。商店極大，裝滿了各種新鮮的小玩意，他以為她是注意力被吸引過去了，很快就會趕上來，所以他又回頭去看架子，考慮別種可能。每一個信封袋上都有相片，告訴你只要有正確的陽光和溫度和土壤，裡頭的種子就會長出什麼來。

可是十五分鐘過去了，她仍不見蹤影，他忍不住擔心起來了。他起先還慢慢走，努力保持冷靜，沿著中央一條寬廣的走道走下去，一路左看右看，看較窄的通道上有沒有她，連電子和水電工具區都找了，儘管他知道她不會在這邊。

又找了半個小時，還是不見她的人影，洗手間裡也沒有——他查看過每一處貨攤——整個金屬架倉庫都沒有，他知道他來到了生命中的子午線，另一邊的事情不會再一樣了。

服務台的人做了廣播，他聽著她的名字從擴音器傳出來，在四壁間彈跳，聽起來已經是既遙遠又陌生了，他想像著店裡的其他人聽到也只當她是個陌生人。

「葛蕾迪絲．佛格森，葛蕾迪絲．佛格森，請葛蕾迪絲．佛格森到收銀台來，妳的先生在找妳。」

接著是保全，在停車場找了一圈，然後警察來了。他們已經接到民眾的電話，說有一名婦女在外環高速公路的路中間漫步，而六線車道的車輛以一百二十公里的時速在她四周呼嘯而過。

他們把她接上車時，她兩手握著滿滿一捧蒲公英，口袋裡也塞滿了蒲公英，全都連根拔起。「你們看到這些野草了嗎？」她問警員。「真難看，不過我覺得我們還是可以讓它變漂亮的。」

接著每下愈況。感覺上每個月都會又有什麼變壞。慢慢地，她不知道東西的名稱，先是橡皮靴，然後是果汁機，然後是電視機。

「喂，這個叫什麼來著？」她問他，在他的面前揮湯匙。

然後是他們孩子的名字，再來是他的名字。

她咬過他一次，狠狠的一口，咬破了他的皮，他還得藏住傷疤不讓員工看見。然後又一次，她只因為有個女人在走廊上太靠近他們走路就打了她的胸口一拳，他們還因此而被叫到辦公室去，載入正式的紀錄，放進了他們的檔案裡。

但就在同一天，在看電視的中途，她轉向他，開始為照顧波西，他們四十年前養的狗，發出詳細的指令。「我發誓，我真不知道我們為什麼要養他，他們根本都不管。今天輪到誰了？有人能告訴我嗎？」

可能他是做錯了。人這麼多，超出了他的預期，而且他也沒料到會有舞台裝。這場景恐怕是太悖離一般守則了，可能會有反效果。而且，平心而論，這些孩子的表演實在不怎麼樣，只有那隻蜘蛛例外。他敢說就連主持人都覺得不敢恭維，她好像在唱歌表演時還翻了白眼，不過這也不能怪她。那些孩子閉著眼睛唱歌，雙手在空中劃圈，瞄準著他們唱不準的音符。他四周的人顯然都聽得很痛苦，演唱結束後，他們雖然鼓掌，掌聲卻零零落落的，不如先前熱烈。

他掃瞄節目單，還剩兩個。〈演藝人〉和一首賦格，他不知道賦格是啥玩意。

一名十來歲的少年穿著緊身牛仔褲、臉上畫著彩妝正往舞台上邁出半步，大約離他們五呎遠。他微微一鞠躬，攤開樂譜，然後手指放在正確的位置上。起初什麼聲音也沒有，只是漫長的停頓，接著從右至左滑過琴鍵，最出名的一段開頭，然後，就沒了。

少年雙手從琴鍵上移開，擺在大腿上，用力瞪著手。他長長地吐了一口氣，繼續坐在那兒，下巴幾乎碰到胸口了。然後他好像是打了個冷顫，偷偷瞄向主持人。

停頓得太久了。他心裡想：這要不就是節目的一個設計，要不根本不是。有時候你實在分辨不出哪個是犯了錯，哪個是故意的。他更專注地研究，這一幕就在他的眼前展開。一個文風不動的少年坐在寂然無聲的鋼琴前。每過一秒壓力似乎就越大，同時放緩又加速，而他搞不懂究竟是怎麼回事。

17
1.
2.

達爾西

我不知道究竟是怎麼回事。我彈了前面三小節，不快，然後開始彈主旋律，可是什麼也沒有，連簡單的第一部分也沒彈出來，那是我真的很熟的部分，我之前都沒有問題。一切都慢了下來，然後就停住了，我看見自己被那麼多人盯著看。我把手從琴鍵上拿開，研究自己的手，可是這雙手卻好像不是我的，我沒辦法再命令手指動作了。我抬頭看樂譜。**你是怎麼啦**？樂譜又問。**隨便誰都會彈。**

然後我扭過頭想找蘿克西。

「沒事的，」她低聲說。

人群中，我看見了面具和曲棍球員和科學怪人和我爸媽，我爸在搖頭。還有豎著觸角的小凱薩琳，她的樣子像是要哭了，而我覺得是因為我。我知道會是什麼情況，我已經連每一個最小的地方都想像過，但是我覺得就是因為這樣，因為我太有心理準備了，反而讓情況更糟。就像是有一顆最緩慢的子彈在一個多月前瞄準我的腦袋射擊，我看著它飛來，每兩天就更近個一呎，而現在，即使子彈的金屬尖端已經壓上我的鼻梁了，我還是躲不開。

沒有什麼可做的了，所以我吐出最後一口氣，準備離開。我的獨奏就要這樣結束了。

沒想到，就在我的面前——我是說右邊，我面前的右邊，靠得太近，她擋住了一切——一位年長的、穿著講究的女士站了起來。

她的頭髮分得很整齊，而且她戴耳環，化了妝，搽了口紅。

她站了起來，而且她的身體很挺，個子高，眼神清澈，鎖定了我和這台鋼琴和這首歌。她只兩步就走過來了。

一步：離開那個她旁邊的老先生。他一臉驚嚇意外，我看見他伸手想抓住她，卻來不及了。

兩步：上了矮台階，走上舞台，走到我這邊。她一手按著我的肩膀，歪了歪頭。

「坐過去一點，」她說。

蘿克西

就算妳是親眼看著事情發生，有時候也還是搞不懂究竟是怎麼回事。或是妳該如何反應。妳看著達爾西潰敗，在眾目睽睽之下愣住，雙手放在大腿上，下巴貼著胸口。室內的一切都停止了，而妳卻只想要這個停止。他看著樂譜，然後扭頭偷看，而妳感覺到他是在找妳。

「沒事的，」妳說。

但即使妳嘴巴上這麼說，妳自己卻也聽出了話說得有多空洞。妳的七級評審也說了一模一樣的話，就在她不得不當掉妳之前。事情發生時妳比達爾西的程度高上不知道多少，不重要。妳差不多也是這個年紀，而那一刻同樣讓妳無法動彈。妳為了考試練習了一年，而且妳練得很熟，可是在那個房間裡，該妳表現了，妳卻連練習曲或其他曲目的環節都到不了。妳從一開始就把學的東西都還給老師了，那還只是技術層面，只是音階和琶音。

主考官以為她給妳的是簡單的題目。

「妳能彈出D小調的伴奏公式嗎？」

不難，卻也太難了，而且感覺上房間在傾斜，妳一直在琴椅上往後倒。妳說不出話來，搖搖頭，而妳知道主考官一眼就明白了情況。

「沒事的，」她說。「那從降G開始的半音階？」

又是搖頭。

房間裡只有妳們兩個人，沒有觀眾，卻感覺妳認識的每個人都在，盯著這一幕。主考官又試了幾次——「F大調屬七和弦轉位？」——最後她一手按著妳的肩膀，站了起來，默默走向門口，呼喚妳的爸媽。

「我想蘿珊今天的狀況不太好，」她說。

那一刻與這一刻結合。那個孩子只在幾呎遠，而妳是演奏會的主持人：妳應該要控制情況的。必須採取行動，而妳知道妳應該是那個按住他肩膀的人。說不定走向前去，為他遮擋住這許多人。

但在妳行動之前，一位老太太，一名住戶，不是家長，上了台。

「坐過去一點，」她跟他說。

妳看著達爾西臉上驚愕的表情，但是他向旁邊挪，讓出了位子給她。她在他左手邊坐下來，就在妳通常坐的位置，然後她舉起了男孩的手，擺在高兩個八度的位置。妳看著達爾西盯著她，妳看著她的手指放在他的手上，就跟妳的手有時會碰到達爾西的手一樣。老太太的手指在上，底下是男孩的手指，最底下是琴鍵。

她用另一隻手指著樂譜。高音譜號和低音譜號。

「我彈這個，」她說，「你彈那個。」

葛蕾迪絲．佛格森的先生

他都還沒來得及動她就不見了，而他丈二金剛摸不著頭腦。之前也有過像這樣的一剎那——意外事件——但至少有一年沒發生了。有一次，他們正在看新聞，她也不知怎麼了，突然從沙發上站起來，搶走遙控器，按了紅鍵，關掉了電源，再把遙控器丟在地上。

「我受夠了，」她說，「我要上床睡覺了。」

他知道他應該要把她拉回來坐好的，別讓她惹事，可是他看著那個孩子，他看得出他並不害怕。葛蕾迪絲，真正的葛蕾迪絲，以前碰到類似的情況是天不怕地不怕的。她最見不得別人難堪不安。他記得有一次她硬擠到超市的人龍前面，有個瘦弱的女人被困在收銀機那兒，推車裡除了裝滿了商品的袋子之外，還有個尖叫的孩子。這個女人手裡拿的現金不夠，而收銀員也慢條斯理地核對收據和購物袋裡的商品，想找出可以退掉的品項。

後面排隊的大概還有五個，而大家都只是冷眼旁觀。

「不好意思，」葛蕾迪絲說，一面掏出皮夾，拿出信用卡舉高，擠到前面去。「借我過一下。」

她的手按著少年的手，指著樂譜的樣子，他很確定是不會變得暴力的。至少他是這麼希望的。他知道變化來得有多快。

少年的老師，節目主持人，也在那裡，而他能察覺到她已經跟他一樣蓄勢待發了。兩人各占住舞台的一側，都弓著身體，萬一事情走偏了，他們隨時都可以採取行動。不過情況似乎不會朝更壞的方向發展，至少他們會暫時靜待情勢發展，他們想看看會發生什麼事。

「我彈這個，你彈那個，」葛蕾迪絲說，而她的話跟她的意思吻合。「你，那裡，我，這裡。」

少年畫了閃電的頭點了點，葛蕾迪絲·佛格森的先生又看了眼節目表。達爾西·麥克因泰爾——〈演藝人〉。

他不知道這個少年是誰，但他看得出來他聽懂了。

達爾西

我不知道這位老奶奶是誰，但是我立刻就明白了她的想法。默契有時候就是像這樣。另一個人冒出來，用稍微不同的方式表達，然後整件事就有道理了。我知道該怎麼彈。散拍節奏，互相唱和。兩手在不同聲部彈奏相同的旋律，或是一拍彈成兩個半拍。我看著前面，看過整整五頁樂譜，我能看到所有會出現的交替技巧。我們沒見過，我也不知道她的名字，但是我們知道我們要彈奏的部分，也知道其餘的部分將如何發展。

我點頭，然後我們開始了。頭幾個小節仍然是頭幾個小節，我在鋼琴的這一邊重來一遍，幫她起了一個完美的開頭。不過現在沒有理由停頓下來了，我抓得住節拍，用高音跟她說話，而她敲出和弦，負責低音部分，用較低的音符來回答我。這還是第一次我覺得我能用史考特．喬普林的眼光來看這首曲子，也可以說我聽到了他本人所聽見的，遠在一百多年前，在他寫下這首歌，而〈演藝人〉只是在他的腦海中迴旋的一曲沒有聲音的模式之前。

蘿克西

妳看見的跟他們看見的一樣，或者是跟那位衣冠楚楚的女士仍坐在觀眾席時所看見的一樣。這是解決之道。而妳知道對達爾西是有用的，因為這法子對妳一向有用。只是更好，好太多了，在妳不在上面，不在這裡，孤伶伶一個人的時候。

妳記得自己在那些隔音室裡停頓住，跟妳的主考官一起，而妳現在想起來了，在那一刻，甚至是之後的幾天，妳很肯定妳完蛋了。但是妳也記得，跟妳的第一支高中樂團「光陰似箭」表演，以及妳第一次在酒吧聽見戴米恩．庫里斯打鼓，像是春雷驚蟄。還有那晚子夜靈魂機器開始在萊爾的地下室排練，還有妳第一次唱得那麼出力，害妳以為可能連肋骨都會骨裂。

妳的大腦仍因為昨晚同伴之屋的表演而鳴響個不停，馬力啤酒流貫人群，陌生人對著妳唱著妳的歌。〈你為什麼不過來找我？〉

沒事的。

有時候妳會懷疑妳為什麼還在做這個，或者做這些究竟是為了誰。然後，有時候，妳一點也不懷疑了。

葛蕾迪絲．佛格森的先生

他又坐下了，而三年來頭一次，他感覺到胸口的壓力稍微減輕了，肺葉裡吸進了滿滿的一口氣再吐出來。他不需要看見她的臉，光是她的坐姿就夠了。直挺挺的。雙肩與臀部同寬，四肢自信地放鬆。她的腳趾輕點，雙臂向外張開。她向少年微笑點頭的樣子。他記得她教孩子們游泳，他們最小的兒子貼著泳池壁不肯放手。「來啊，藤壺先生，」她這麼開玩笑說。「快點游起來，我可沒有一整天的功夫。」

他環顧四周，所有這些其他人。你們看見了，對不對？他盡力去理解他的相對位置。**我現在跟他們在一起**，他想著，**我們是觀眾，而在那上面，是表演**。他好奇他是否仍為她而存在，是否繼續占據著她腦海中的某些空間。可能沒有了，他斷定。她有她自己的天地，而我已經不見了。

布魯克菲爾賦格（緊湊些）

我看著她，你看著他，他看著我們。

我在彈這首曲子，她也在彈，而你看得出樂曲如行雲流水直到最後。

大家都知道是什麼旋律。

噠……噠……噠—噠……噠—噠……噠—噠。

她主宰了左邊，你看著她打下基礎。而我在右邊，在各種變化中飛旋。

噠噠……噠—噠—噠—噠……噠—噠……噠。

我們全都合拍，喔，耶，這真的是〈演藝人〉。

旋律向前衝，又飛回來，高音向低音說話，輪轉之上還有輪轉。而就在你以為整首曲子就要分崩離析的時侯，全部的音符又為了最後而重新組合。

「耶！」凱薩琳大叫，跳了起來，站在椅子上，用所有的手鼓掌。

其他人也跟著鼓掌。還沒完，還沒有，但是這就是他們說的喝彩。每個人都站了起來，兒童和家長，先生和太太，動物和昆蟲，英雄和怪獸，陌生人和認識了一輩子的人。

我在繞過那個彎了，我們兩個都看見了最後一行，而你知道一定會結束得很精彩。

但是我忽然瞄到人群中有什麼冒了出來——是前排的那位老先生，他的聲音就在結束之前插了進來。

你看過去，他沒有大喊，但是聲音還是傳出來了。每個人都聽得到。

「再一遍，」他要求道。「從頭開始。」

然後是一再重複的一句話。

「再一遍，」他說，「再一遍。」

88
1.
2.

第九特區

THE NINTH CONCESSION

在我小的時候，有一次我到艾倫．克萊森家的農場，在空菸草拖車上玩，結果刺穿了我上臂的肌肉。當下我並沒有感覺，而且我到現在仍不確定是什麼刺的，動作那麼快、那麼乾淨俐落。最有可能是一根插銷，也可能是一支勾子，就是會穿過拖車底部的一個洞，連接下一輛拖車的那個東西。也有可能是一根外露的釘子或是一片金屬皮或是農場裡會有的危險物品。當年地上有幾千樣沒人注意到的東西會害人受重傷。

我們以前都會跑到拖車上玩，把它當工業等級的蹺蹺板，巨大的槓桿，我們兩個站上去都幾乎輕如無物，把我們晃得就像我們根本不在上面。艾倫跟我會站在兩頭，可能相距二十呎，輪流用力屈膝，然後使勁彈跳，讓拖車晃動。

連接的插銷（我不知道正確的名稱）一定是在我使出全力的時候，在上彈下墜之間撞到了我，不過我實在不能百分之百確定。唯一能確定的是有什麼非常尖銳，像鑽子一樣的東西刺進了我的肌肉，然後又穿出去，刺透了我的防風外套，我卻一點感覺也沒有。

艾倫還比我早發現。

我注意到他的眼睛停在我的手臂上，頓了一秒鐘，這才抬頭看著我的臉。

「你知道你的樣子很恐怖吧？」他說。

鮮血滲透了尼龍布料，流到我的手肘。我伸手到腋窩下，再拿出來時手是紅色的。

那是暮秋時節，玉米和菸草都收成了，寒霜已經來過又走。我們的四周盡是空蕩壓平的農田，就連天空都是乾燥的灰色，一片雲也沒有。從我身上漏出來的顏色，活生生的、濕漉漉的，好像屬於另一個季節。

我們兩個都瞪著我的手看，但是我記得艾倫的表情沒變。活像我手裡是拿著石頭或是握著一把沙子，某個跟我們兩個都完全不相干的東西。

「最好去弄一下，」他說。

所以我就回家，而他也回自己的家。

可後來我得到醫院去，他們給我打了一針破傷風，還縫了十二針。手臂的一側七針，另一側五針。

在候診的時候，他們要我坐好不要動，直接壓住傷口，可我就是忍不住要自己檢查傷口。每隔五分鐘我就會撕開變硬的紗布邊緣，瞪著那個洞看。我的手臂上被戳出了一個洞，圓得不得了，而現在我什麼都看得見，還看得到中間骨頭的白邊。

「知道嗎，你非常幸運，」醫生跟我說，一邊縫最後一針，打結，剪線。「如果刺到了什麼重要的地方，那情況就會非常不一樣了。」他一手撫過縫合線，欣賞著自己的作品。「幸好，就差那麼一點。」他按著我的頭，揉亂我的頭髮，把我送出了門。「你馬上就會好多了。」

我受傷的那時候艾倫跟我大概是十歲，雖然還要兩、三年他才搬走，我已經把這件事看作是我們長期友誼的結束了。不是傷口，也不是縫線，而是我感覺他看著我，同時又別開臉的那一刻。

我們的親近是很難以言語形容的，即使到現在我也不確定是不是真的能稱之為友誼，至少不是正常的那種定義。可能鄰居會是比較貼切的說法。從地理位置上來說，我們的家彼此靠近，就像隨便兩個在艾塞克斯縣的特許區裡長大的人一樣。

就算你不知道那個地方，也從沒去過，還是很容易了解。試想，一張繪圖方格紙擺在一些加拿大最平坦、最肥沃的農地之上。第九在第八之上，第八在第七之上，縣道沿著其他的軸線延伸，完成這幅棋盤狀地圖。有些交會是我們避不開的，也有不會交會的平行線。就像在紐約市，雖然它一點也不像紐約市。

真的，整個縣就是溫度和濕度的僥倖結合，加上冰河在一百萬年前遺留在我們土地中的各種奇蹟式的營養物，所以我們種什麼都行。番茄和草莓，玉米和菸草，蘋果和葡萄。大家說如果你把桃子的果核亂吐在地上，明年就會多出一棵桃樹來。

從我家往上過一條馬路就是艾倫的家，一年有一半的時間，在玉米收成之後，我從自己的窗戶就能清清楚楚看見他家，有時甚至能看到在窗簾後移動的輪廓。可是春天時，莊稼長高，農工回來了，整個農事又開始，就會遮住我們之間的空間。到了七月，他的家，圍繞泳池的籬笆、戶外建築，甚至是那三幢高聳的菸草乾燥倉——都會消失在一片濃密的綠紗帳後，無法穿透。

大多數時候，特別是在學校，艾倫跟我很合得來，我們經常發現我們兩個意見一致。比方說是團體活動需要夥伴，我們會很快向彼此點頭，在老師的話都還沒說完之前就變成了同組。

但是我們也公開競爭，有時還競爭得很激烈。誰能一條手臂吊最久？誰能在十二分鐘內跑最遠，或是在加拿大體適能測驗中做最多仰臥起坐和伏地挺身。國家需要這種競賽。「優等獎」是紅臂章，「參加獎」是褐色的。

我們真正的競逐主要是在各科的成績上，然後是學期總成績。考試時，我是那個一直寫到最後一秒鐘的人。老師們還得要走過來把考卷從我心慌意亂、仍寫個不停的手裡抽走。可是艾倫幾乎總是第一個慢悠悠走上前交出考卷的人。

他通常坐在我前面，我會盯著他的頭上下晃動，勾選著複選題，或是在他的比較與對比論說題上寫下收尾的幾句，或是解開需要三、四個階段才能完成的長數學題。他用特強髮膠抹頭髮，把頭髮向上弄得蓬鬆，再俐落地旁分，頭髮動都不動，鬆鬆脆脆的。我不敢相信他怎麼有辦法那麼快通過那麼多的測驗還能一副很鎮定的樣子。等最後總成績公佈之後，我們會差個一兩分，互有勝負，可我總覺得我得花更多的力氣才能追上他。

拖車事件後的夏天，克萊森先生太太邀我跟艾倫去參加兩星期的髑髏地營。這是我生命中的一個進展，一個真正的開口，我以為我們可能真的正在發展出某種獨特的連繫——只為真正的好朋友保留的受信任的親密空間。

他們一提議我就急著接受，可是我爸媽擔心這次冒險的費用，擔心他們得付多少錢。我的靈魂狀態，或是某種宗教覺醒的潛在風險，似乎並不在他們的考量之中。所以克萊森夫婦一說這次活動的費用已經都付清了，完全不需要我們支付，我爸媽就同意讓我去了。

也許我在性靈上並沒有準備好，也可能我只是不專心，但是我總把「髑髏地」(calvary) 聽成「騎兵」(cavalry)，所以我以為夏令營會是以馬術、騎馬為主，牛仔的那一套，結果並不是。我喜歡每天的營火以及有些我到現在都還記得的歌曲——〈主的手上握有全世界〉(*He's Got the Whole World in His Hands*)——可是音樂結束後，差不多就是彆扭的沉默。

我發現分享圈空洞無聊，每晚的「真話時刻」一句真話也沒有。還有「奉獻時間」，他們鼓勵我們談我們最深沉的祕密，告訴這些陌生的孩子，甚至是更陌生的大人，也就是輔導師，「這裡」發生的每件事。

我還記得有一位輔導師，一個比較年輕的傢伙，剪了一個有點像龐克的頭髮，像尖刺一樣，脖子戴著皮繩串著的木十字，他老是摸胸口，真的壓著他的「這裡」，然後向前傾，靠近火圈，想聽我們說我們身上同樣那個地方的事情。

艾倫跟我在那裡的時候幾乎都不說話。他一下巴士就已經有一票朋友在等他了，而且他的忠心已經給了這些人。我們在整整兩個星期的時間裡沒有同組過一次，我們也不住在同一棟木屋。有時候他好像忘了我們兩個是一起來的，忘了在真實生活中，我們是同一個地方來的。

他是我認識的第一個有錢人。而克萊森家也是第一個讓我了解跟我自己家根本上就不同的家庭。他們的菸草事業是附近最大的，而在當年人人都還有菸癮，所以他們的產品的價格和需求量總是很高，我覺得他們還賣到世界各地去。他們家的游泳池是訂製的腎臟形，還有滑水道，完工的那天，我還記得我媽跟我爸說的話。「哼，至少我們知道克萊森家過得很好。」

艾倫的爸也是我認識的人裡第一個，雖然是農夫，而且常常下田，卻真的會把白天大半的時間花在自家樓上的辦公室裡的。辦公室是臥室改裝成的，有真正的電腦和檔案櫃，一台點陣式印表機，一條獨立的電話線。他一天到晚都在辦公室裡，每次我經過，他都好像是在忙什麼重要事情的困難談判。

有一次，我走在到浴室的走廊上，他從辦公桌抬起頭來。一邊肩膀夾著電話，手指敲著鍵盤，我定格在門口。他匆匆跟我揮手打招呼，露出笑容，但是電話另一頭的人一定是說了什麼，因為他那隻手飛向電話，握得好緊。他臉上的一束肌肉拉緊，使他的顴骨更突出。

「我說過：不行。而且絕對沒有下一次，」他說。「上星期就不行，我現在還是說不行，你要是再敢提出來，我的答案還是不行。」

他把電話摔上，鼻子用力噴氣。然後他又注意到我。

「人啊，」他說，還搖了搖頭。

克萊森太太對於偽造的法語省家具情有獨鍾。無論什麼都有貝殼紋，彎彎曲曲的，漆上這種預先變黃的特殊白漆，假裝是古董，才能和櫃子抽屜的金屬把手以及邊緣的金斑成對比。他們的牆壁是很深的奶油色，客廳鋪著華麗的地毯，是由特長特粗的合成纖維織就的，融合了三種不同色調的藍。甚至還有特殊的工具來維護這條地毯，是一把地毯耙，克萊森太太放在附近的櫃子裡；每天她都會整理她的這片田，從一端開始，把每一根地毯毛拉直。他們還有一台烤箱是嵌進牆裡的，他們用藍色的陶瓷盤吃飯，用藍色玻璃高腳杯喝水。

我實在搞不懂他們。這是在我生命中的關鍵階段，在九到十三歲之間，我對於分門別類這件事是非常投入的。我的目標只是分清楚每個人，把他們歸入正確的位置，可是我始終搞不清楚相對於艾倫．克萊森而言我是屬於哪裡。或是我在他家裡時究竟是誰。當然有部分是羨慕，最純粹的那種，但不僅如此，我現在明白了，還有一些不同的事情在發生，一種我完全靠自己在進行的釐清和處理，一種深深的不確定感，我必須自己搞定。

有一次變得奇怪是因為席爾斯百貨商品型錄。可能是十一月初，耶誕季節的頭幾天，每家客廳都會有一本磚頭似的郵購型錄從前窗丟進來。艾倫跟我在玩這個遊戲，我們必須翻閱型錄，五百頁的全彩銅版紙型錄每一頁都不能放過，而且我們必須從每一頁挑選出我們最想要的東西。不准跳過，不能說什麼東西太無聊或是太不感興趣。我們必須回答深奧的問題，而你必須去思索從來沒有想過的事情。我最喜歡的捲髮棒或是慢燉鍋或是除濕機是哪一種？

接著是一頁又一頁的珠寶。我不敢相信他們有多用力在推銷人造鑽石。不過我們得挑選，每一種商品一件，或該說通常是兩件：他的，還有我的。要是我們都沒有特別喜歡的，我們就會選最貴的。

「反正買下來再賣掉嘛。」我們一致同意。

可是胸罩和內褲頁就不同了。這邊總是同樣的兩個女人和同樣的兩個男的，一個金髮搭配一個褐髮，而且這些模特兒必須穿遍所有的內衣褲。兩個男的皮膚都曬成古銅色，肌肉強壯——不過也不會太過強壯，你還是可以想像自己跟他們一樣——他們穿的是四角褲或三角褲，有時是汗衫。兩個男的站在一起，金髮跟褐髮女人同框。可能有一個人會把腳踩在椅子上，或是端著一杯咖啡，或是拿著一份報紙。女的則都一樣，主要是米色和白色的耐用商品，一點也不花俏。

可是還有一頁，在這裡有所有的紅黑色服飾。絲襪和吊襪帶，甚至還有一件式的「俏寡婦」馬甲。趁著聖誕節，席爾斯把這個東西丟進全國的每一間客廳。

「你覺得這一個怎麼樣？」艾倫問我，指著 0001-226532-0036 號商品，伸手摸她的肚子。照片下方有一兩行的商品描述，說尺碼齊全。

「不知道，」我說。「你覺得呢？」

「不怎麼喜歡，」他說，而我覺得他說的是真的。「可是如果你不要，那我就要買了。」

我點頭，然後我們翻頁，繼續往下看。

艾倫的臥室給我一個極強烈的印象，我到現在仍甩不掉。他自己睡一張雙人床，還有一條真正的床罩，他總是保持得平坦整齊。一邊牆的三個架上陳列著他的動作英雄，弄得他的房間像是玩具博物館。

韓索羅和天行者路克，蝙蝠俠和羅賓，以及幾十個橡膠製的世界摔角聯盟傢伙：霍克．霍肯，神奇先生，當然還有蘭迪．沙瓦吉。不過也有較低調的人物，是我真正愛的摔角手：「飛人」吉米．斯努卡和「猛龍」瑞奇．斯廷博特。在我們家，四個兄弟都有一個公仔，我的就是「猛龍」，我們都會把它們排成一列，對抗一堆濕毛巾——大雪崩！——或是用彈力繩做的烏賊異形，或是正逐步逼近、掃蕩一切的吸塵器，或是馬桶漩渦。我們真的意外損失了丘巴卡，不小心把他沖掉了，跟大便一樣。我記得我最小的弟弟一隻手伸進了馬桶裡，一面哭一面努力拯救他心愛的公仔。然後我們四個都覺得很蠢，用這麼寶貴的東西冒險。

不過在艾倫的房間裡沒必要製造什麼隱約的威脅。他的蒐藏品甚至還包括壞蛋，你需要的每一個惡棍都在那邊等著被叫進你想編織的故事裡。黑武士維達和紅衣皇家禁衛軍，以及整個末日軍團。外加摔角手尼克拉·沃爾科夫，「野獸」喬治·斯蒂爾和大約翰·施達德。選擇之多幾乎讓人眼花繚亂。你能創造的組合不勝枚舉。你把綠箭俠拿下來，一手握著，讓他對抗金剛邦迪，然後你再把他們兩個砸在一起，整個宇宙互撞。

我住的是一棟平房，在克萊森家的側下方，我們的生活可不是像這樣的，而且我們做的每一件事感覺都像是在妥協。我父親是四年級的老師，我媽開校車，而我得跟我年紀最近的哥哥共用房間。走廊對面是另外兩個兄弟。即使我爸媽是在他們自己的成人空間裡，就在浴室隔壁，我也總是能聽到他們為了錢和時間在吵架。

星期五我們都會拿到五毛錢的零用錢，我二哥會立刻就去商店，把硬幣丟在櫃台上，說：「這些錢可以買什麼？」

我覺得那是我們之間真正的深淵，我跟艾倫，我一跨過門檻，走進他們那棟有空調的屋子，我就能在空氣中感覺到。在這棟屋子裡，沒有什麼是勉強的，或是「不得不如此」的。反之，整個地方就像艾倫的房間，都是細心挑選過的蒐藏，而做決定反而是唯一的、真正的挑戰。就拿那本商品型錄來說吧，克萊森家的人只需要挑選。只要他們能夠正確辨認出他們要的是什麼，指出來，下一步就是購買，然後等著擁有。

克萊森太太也打理他們土地上的另一棟房屋，是一棟平矮的建築，就在主屋後面，在乾燥倉的旁邊。這裡是工寮，給農場的移工在農忙季住的。通常有

五、六個人，說西班牙話，每年都會出現，可能是墨西哥人，不過我知道不只這一個國家。

克萊森家和工人之間有一種關係，我不完全懂，至少在剛開始時不懂。我覺得是教會起的作用。也可能是教會起了頭，然後在早期階段安排移民程序，甚至還贊助，算是某種人道協助，在真正的季節性勞工計畫展開，並成為加拿大政府的正式政策之前。這種循環已經行之有年，可能有幾世代了，但我們家從沒有直接接觸，所以我們也不會去留意，會去注意也是因為極稀少的幾次裡移工的生活跟我們自己的生活產生了交集。

宗教對我們來說一向很神祕。我的兄弟跟我在星期日早晨都在看重播的兒童節目「太空雲霄飛車」(*The Great Space Coaster*)，所以我們不懂在一星期裡幾乎都不講話的兩組人怎麼會在唯一的休假日突然就可以一起去參加這種好像沒完沒了的儀式。

「他們那邊只是對上帝的看法很強大，」我爸說，想要顯得尊重。

整理工寮也是克萊森太太很喜歡的一項工作，而且她是帶著真正的驕傲和儀式性的關懷去做的。

「他們來的國家，那些人一無所有，」她總是這麼告訴我們。「所以我們要他們跟我們在一起的時候感到受歡迎，我們要他們感覺自己是回家來再住一季。」

工寮有點像是個迷你汽車旅館，是克萊森家在他們農產事業剛開始的時候建造的，合板木地板跟鐵皮屋，正方形的門框，讓每個房間都通風。床鋪是橡膠床墊，克萊森太太還準備了好幾大垃圾袋的床單和枕頭套給每個房間使用，每一扇窗都掛了窗簾，是她親手裁剪縫製的。在冬天的月份裡，垃圾袋堆在他們未完工的地下室裡一個棧板上，每一個都貼上一張白色的紙膠帶，只寫著「工人」兩個字。

早春時節艾倫跟我會跑下去拿垃圾袋，拿到一樓或是後院去通風，然後再延續它們的用途。克萊森太太會把臉伸進每一個袋子裡，好好嗅一嗅，說句

「還可以」之類的話。然後她會小心攤開每一張，熨燙一遍。我們還會幫她鋪床，把窗簾掛在白色杆子上，再把杆子掛到窗戶兩側的釘子上。

然後我們掃地，擦抹每一處。我們打掃完工人共用的浴室和廚房，再給冰箱插電，測試電熱壺和烤箱和雙爐口瓦斯爐。工寮裡有一台破舊的收音機，一台黑白電視，兩個的天線都有折痕了，不過還是可以收到加拿大廣播公司和幾個美國大電台的訊號。在工人抵達前一天，克萊森太太會在廚房桌上放一瓶鮮花，在架上放滿罐頭湯和鹹餅乾、一罐咖啡粉，一些點心，幫他們先度過開始的這幾天。因為那些人是直接從機場來的，所以沒有汽車，我們還幫他們修好了兩、三輛腳踏車，讓他們可以四處移動。我甚至還把我的一輛舊腳踏車也捐了出來，那是一輛生鏽的紫色十段變速超輪 (Supercycle)，只有前輪煞車能用。我們給每根鏈條上油，確認輪胎都打飽了氣。工人可以騎這些車子到鎮上去採買日常用品。

我覺得那棟工寮可以算是十全十美了。全部都整理好之後，它比髑髏地的木屋好多了，而且我記得我還希望能跟工人一塊住呢，或是我可以自己有這麼一個地方，有我自己的房間跟小廚房，我可以想幾時吃飯就幾時吃飯，吃什麼也都隨我的意思。

我想要認識這些工人，只要有可能，但是有些基本的差異是不容易跨越的。主要是語言與年紀，可是我們真的努力過，而且我也老是在設法減少隔閡。他們有些人也對我感到好奇，不確定我在克萊森家的生意中是什麼地位。我究竟是誰，又為什麼在這裡，總是看得到我？

「只是來玩的，」我都這麼說。

大多數的資深農工只會說一兩句英語，我覺得我們的互不了解好像一隻奇異又巨大的鳥，讓我只能呆呆地瞪著眼睛看。我們的缺乏了解的顏色、複雜性及深度令人驚愕，真的，有時甚至很可笑，我們的交談總是彆扭的結結巴巴，始於最初幾句，然後就不知什麼又飛掉了，又恢復到他們的招牌搞混模式了。我們老是「趕丟巴士」而不是趕不上巴士，在have、be、make、do的用法上犯錯。最接近的事物的微妙差異是最難澄清的。

我記得克萊森先生都是用一個字和一個觀念來傳達命令的。

「花，」他這麼說，緩慢又清晰，同時從手上的花朵中挑出一朵。接著他說：「葉，」再把葉子拿起來。然後他指著他的農田。這是在重要的打頂階段。每一株植物——感覺上有幾百萬株——都需要摘除花朵，未來全部的成長養分才會都輸送到葉子裡。

「大家都懂了嗎？」他問道，然後他把花丟在地上踩踏，再把葉子高舉過頭。「壞的跟好的？錯的跟對的？」

人人都點頭微笑。

起初我懷疑這是一種狡猾的策略，農工在關鍵時刻假裝聽不懂克萊森先生的話。但後來我想到自己——我老是在自我反省——而我又一次覺得像我這樣的一個人有多令人失望、有多令人難堪，我這個人除了法語拿甲上之外什麼也不會，西班牙語幾乎完全不通，只會說你好或謝謝。如果世界的運作方式不同，那我會有多孤獨多沒用，而且我會是那個被丟在某條後街上的，在一片田野之中，在我從沒見過的國家。

我有一次問我哥。

「電視應該有教他們一點東西，對吧？」我說。「至少一些可以應付的英語？結果都沒有。」

他當面嘲笑我。「你真的這麼笨？」

然後他說明。「那些人在家鄉的時候看的是他們自己的電視，他們有自己的節目，裡頭每個人都說西班牙語，他們自己的歌也都是西班牙語電台播的。他們每樣東西都有他們自己的了。半個世界的人都是說西班牙語的，白痴！」

我最討厭這種事發生的時候了——我的某個哥哥是對的，尤其是涉及什麼重要的事。

他就躺在他的床上，距我五呎，瞪著天花板。

「你不懂嗎？你跟你的朋友艾倫在那邊花太多時間了。對工寮的那些人來說這是很簡單的工作。過來這裡，拿錢，回家，就這樣。」

直到最後，我跟那些農工的交流普遍都還是正面的。我們彼此揮手微笑，或是抬頭看著天空，抱怨天氣。每年春天他們都會回來，我會注意他們的改變，有的胖了點，有的瘦了點，有的頭髮又灰了點。在我的想像中他們也是這樣在打量我的。

我記得我滿十三歲的那年夏天，在我的體格迸發之後，最年輕也是最友善的農工愛德格碰了碰他的棒球帽，然後一隻手越舉越高，表示他注意到我長了多少。接著他鼓起二頭肌。他的英語是那群工人裡最好的，經常會充當我們的翻譯。

「小子，」他對我說。我想他一直不知道我的名字。「差點我都不認得你了。」

接著他指向房屋後面的田地，菸草就快收成了。他們的農忙季才剛要開始，其實真的沒有什麼農務可做，不過兩個月後菸草就會高過我們的頭頂，茂盛得誰都控制不了。

「小心啊，小子。」他搖搖頭。「你長得太快，很快，搞不好，砰，我們就得把你砍下來了。」

愛德格朝地面揮手臂，最後一刻手腕一抖，像在抽鞭子。我能想像得到，他假裝拿在手裡的東西。是一把輕量的斧頭，像戰斧，加了特長的斧柄，而且是收割的必要工具。

等菸草長到了巔峰，工人會人手一把這種斧頭，踏進田壟，開始揮舞。總是往下，而且總是從右側的相同角度。他們會砍斷莖桿，幾乎砍到根部，等菸草和土壤分開後，他們會把莖桿捆成一束，這時候他們會用上幾百根木條，就是大約六呎長的薄木板，插進土裡，相隔幾步。木條上有一個可拆卸的尖頭，工人會把每一株菸草抬過尖頭，再狠狠刺穿莖桿，一路壓到木條的最底下。每一根木條都能插滿大約六、七棵完全成長的菸草，可能重達五十磅，而這就是他們會裝上拖車的一個單位，再送到乾燥倉的橫木上烘乾。

這些工人熟練得令人驚異，把每根木條插進土裡，再揮舞斧頭，抬起莖桿，用力往下摜。到收成季的這個時候，他們知道他們工作差不多快結束了，所以速度加快。他們可以幾小時維持這個步調，不需要休息，在我卻覺得簡直不可思議。一旦他們抓到了節奏，那就定調了。揮斧，抬高，向下摜，揮斧，抬高，再放低。他們的步調平穩，而感覺上他們的動作是編輯過的，沒有一個動作是在浪費力氣。整片農田可以在一天之內收割完卻不遺落一片葉子。他們幾乎就像是大自然的一分子，是這個過程的最後一階段。

我家也務農，可一直種玉米，我從來沒有真的摸過菸草。處理菸草需要有使用工具的經驗，而且是真正的技術和力氣，所以主要都是交給農工。但差不多除此之外的事情我們都能做。農場有時會付給十六歲以下的人超低薪水，甚至低於最低薪資。所以大概在五年之間吧，當我們真的需要錢時，我媽就會找三十個孩子來摘除玉米的花穗。這三十個孩子裡有我們四兄弟，她自己的孩子，還有一票我們的同學。她跟校車公司談定了一個交易，他們用打折價讓她在夏季的月份裡使用校車。整個七月和八月校車都停在我家的車道上。

我們下田的農地大多是租給種子公司的，我媽早上六點把校車開出去時，所有的莊稼都還沾著厚厚的露水。在這樣的清晨，我們套著剪了洞的垃圾袋，頭和手外露，或者有時我們把垃圾袋綁在腰上，像穿著裙子——只為了不讓潮濕又銳利的玉米葉反彈割傷我們。有些我們一直想迴避的惡果——紅疹和農藥灼傷，中暑和脫水，還有最討厭的皮膚發炎，那是在你的腋窩或鼠蹊積累了太多鹽分，摩擦破皮時會發生的事情。

雜交種玉米種了三排，中間是「雄株」，兩邊是「雌株」，我們的工作是把幾千棵雌株上的花穗拔下來，一個接一個，讓雄株可以授粉。雖然是不斷重複的工作，可是玉米穗長得太隨便，每一個都在稍微不同的地方，跟菸草很像，所以使用機器的效率不會比人工來得高。

我們最有效率的時段是第一班，早晨七點到十點左右，然後在二十分鐘的短短時間內就會幡然改變。溫度會上升，一路飆到攝氏三十五點五度，濕氣會蒸發，我們就得把垃圾袋扯掉，換上白天的裝備。棒球帽和太陽眼鏡，有時再多帶一件T恤塞到帽子底下，遮住脖子。不過沒有人抹防曬油——我們連想都沒想過——而頭幾星期的曬傷有時是那種會起水泡的。另一個真正的挑戰是會摧毀靈魂的呆板無聊，我會在心裡唱歌，或是數到一千，一遍又一遍，熬過下午班最枯燥乏味的幾小時。

艾倫從來不會來跟我們摘玉米穗，但我差不多還是每天下午都跟他在游泳池碰面。輪班結束之後，我媽會把每個人都送回去，她會停在他家車道尾，讓我過去。我前一天的泳衣仍然披在椅背上，有時我太熱了，就在池邊脫掉工作衣，動作超級快，然後玩毛巾特技——包住我的腰，讓我東扭西扭脫掉內褲，換上泳褲。要是我百分之百確定附近沒有人，我可能連毛巾都省了。

撞到水面，感覺一天的辛勞從身上流走，實在讓人覺得很清爽。我的腳和手放鬆開來，冷水帶走了高溫。

艾倫聽見跳水聲，就會把頭從窗戶探出來。「好，等一下，」他會說。「我馬上就來。」

有一次，我才剛換好衣服，愛德格恰好從院子籬笆穿過來，直接站到露台邊。他抬著一大盆盆景。那時剛好是在艾倫出現之前，我穿著泳褲站在那兒，胳臂和脖子上有鮮紅的日曬線條，胸膛則是T恤形狀的白。雖然天氣很熱，愛德格仍穿長袖、牛仔褲、靴子，戴太陽眼鏡。

他看著我，被曬成像這個樣子，他就搖頭。「你是瘋了嗎？」他兩手比過我的身體，又指著我脫皮的鼻子跟我的臉。然後他伸手到襯衫口袋裡，拋給我一管護唇膏，用手指做出抹嘴唇的動作。「擦上去，」他說。「還有，注意你在做什麼，小子。」

他指著天空。「他掛在上面可不是掛好看的。」

我要把護唇膏還他，他卻不肯拿。

然後艾倫就從柵門跑出來了，直接從我們面前跑過去。他從邊緣跳水，能跳多高就有多高，他的炸彈開花濺起了好大的水花。

我反正穿著泳褲，所以無所謂，可是愛德格瞪著他的牛仔褲，膝蓋以下都濕透了，還有他的靴子，泥巴流到了露台上。他把臉上的水擦掉。

艾倫浮出水面，臉上掛著邪惡的得意笑容，但緊接著他就看到了愛德格。「喔，嘿，」他說。「對不起，沒看到你。」

「克萊森少爺，」愛德格說，對著艾倫拉了拉棒球帽。然後他邁了三、四步離開我們，儘量不讓靴子踩到露台。

我媽一個人負責玉米除穗的事，而且她也會在玉米田裡好幾天，跟我們一塊摘花穗。現在回想起來，她一定是滿肚子的心事。校車的使用權和使用的風險，摸黑開車，在天亮之前接孩子，三點半送回去，必要的話一週有六、七天。保險和那些合約，收錢，付錢給該付的人，還有巡查那麼多不同的田地。她總是在計算價錢，總是在做決定。我記得有些做法讓某些家長很不能接受，像是我們吃午餐的時間或是早晨和下午的十五分鐘休息時間是不算入工時的。還有來回農田的時間也不算。事實上，「交通費」還得從我們的薪水袋裡扣除，用來支付校車和加油和保險的費用。

但是她對那些孩子很好，人人都愛她。而且對我們也是好事。我們真的在賺錢，然後想怎麼花就怎麼花。在我們的年紀，別人都不會給我們工作，而終於能有一點能力，能夠對我們怎麼花錢有一點控制力，感覺很棒。

「一點點勞動是害不了人的，」她總是這麼說。

她愛說的另一句話是：「有人捲袖子，有人鼻孔朝天，還有人連鬼影子都看不到。」

我最後一次去克萊森家時收割幾乎快完成了，菸草都割下來串好，送上拖車，再往上抬了。現在菸草吊掛在橫梁上，莖桿向上，葉子向下垂。

只剩下一輛拖車等著卸貨，它就停在主乾燥倉的側面。貨物實在太重，車子輪胎都陷進了地面，沒多久就會幾乎無法移動了，可是倉庫裡已經沒有地方再繼續吊掛，而他們也快沒時間了。我覺得克萊森先生應該在講電話，想要找到這地區是否還有一座乾燥倉可以存放。

工人已經趕工大約六個星期了，我幾乎能看到他們的身體在漸漸隱沒，彷彿他們隨時都會從我們的生活中消失。他們的臉頰凹陷，抵達之初身上所攜帶的脂肪已經燃燒殆盡。他們的T恤和牛仔褲現在都鬆垮垮的，愛德格的棒球帽也多了一圈又一圈的鹽，向上盤旋，就像樹幹的剖面。

這天是星期五晚上，加上這一季的收穫破了紀錄，克萊森家在菸草倉的外面佈置他們的年度慶祝會，只有他們和農工和幾個鄰居。我們全家都受到邀請，但是除了我他們都不來，他們從來不參加克萊森家的活動。

艾倫跟我到處蹓躂，聽著音樂，但是他興致不高。現在回顧起來，我能清楚看見原委。看出為什麼夏天是讓我們分開的季節。那是我跟我母親一年中最忙碌的時間，對許多人都是。但是對艾倫而言，那是徹底暫停的一段時間，而他的挑戰是如何度過每一個空虛得不著邊際的日子。那是持續幾個月的真空，太多他無法填滿的小時。

克萊森家有音樂和燈籠，還有烤肉大餐，豬肉、漢堡、熱狗，隨你吃多少。還有胡蘿蔔條，薯片和沾醬，三種沙拉，小冰箱裡裝滿了汽水。食物擺在一張長桌上，就在菸草倉的大門前，還有幾張野餐桌讓我們坐著吃東西。

不過還不只呢。在慶祝會開始之前，艾倫跟我發現克萊森先生領著所有的農工繞過轉角，經過拖車，到倉庫的後牆去，他在那裡用折疊牌桌設了一個小吧台，放了更多小冰箱，但裡面裝的都是冰啤酒，幾瓶烈酒的旁邊還擺了幾摞紙杯，還有兩個垃圾桶。

克萊森先生把農工都聚集起來，讓他們圍成一圈。「今晚，」他說，「每個人想喝什麼就喝什麼，想喝多少就喝多少。」

他對著小冰箱和桌子揮了揮手，我看著愛德格微笑，分發六個紙杯，然後大氣地給每個杯子倒上龍舌蘭。

「敬克萊森老爺！」他說，大家都舉起酒杯，動作一致。農工們做鬼臉，五官扭曲，但是一秒之後他們全都笑出來，發出像呻吟的聲音，回到派對上。

之後就開始了一種半常規的模式。每十五或二十分鐘就有兩個人，有時跟克萊森先生一塊，繞到後面的牌桌那兒，去個幾分鐘。去得越來越頻繁後，農工們三三兩兩，踉踉蹌蹌繞過轉角，不管是誰想要站直，都會從腳跟搖晃到腳趾。

有一次，在他們又過去後，艾倫跟我也偷溜過去。我們倒了一大杯的酒，我是蘭姆，我覺得艾倫是伏特加。「敬克萊森老爺，」我們模仿著說，仰頭就喝，可是灼燙感實在是太強烈了，我們險些就吐了出來，我們還得到冰箱裡去找冰塊來吸吮，沖淡酒味。

艾倫拿著幾乎已經空了的龍舌蘭酒瓶，搖搖頭。「明天這裡一定不會太好看，」他說。

我們回到派對上，人人不是端著紙盤坐著就是站著，瞪著倉庫的大門。很難一眼就收入全景，我們眼前的規模。倉庫的內部，通常是又高又空，現在裝得滿滿的，到了搖搖欲墜的程度。橫梁被菸草壓彎了，因為菸葉仍帶著水分，就連牆壁好像都向外彎，好似整棟建築都在告訴我們它受夠了。

烤肉的火焰衝天，有人還點了香茅火把驅蟲。天色變得更暗，自動燈亮起：一盞照著主屋，一盞照著菸草倉，一盞照著工寮。三個燈泡在地上照出了交會的光圈，艾倫跟我在其中移動，聽著大家閒聊，西班牙語和英語混雜，有些我們聽得懂，有些不懂。

大約在午夜時分，派對明顯到尾聲了。

「我不行了，」艾倫打個呵欠說。「我要走了。」

「我也是，」我說。「晚安。」

他轉身往他家走，我轉身往我家走。

他忽然停步。「沒有什麼事對吧？」他問。「我們明天沒有要做什麼吧？」

我說沒有，他就說：「那好吧。那就下次再見嘍。」

他向我揮手，好像沒什麼，而在那一刻，我也是一模一樣的感覺。可那是我們兩個最後一次說話。

其他人也都走了。我先回去幫克萊森太太收拾盤子杯子，不過也只是有心無力，最後就連她都放棄了。

「放著吧，」她跟我說。「明天早上再收拾。」

農工慢吞吞地往工寮走，最後只剩下我和愛德格。他的身體微微搖晃，我覺得他格外專注地瞪著我。有那麼一秒鐘，我感覺到了，是我希望我們能分享的真正連結，一條傳輸的直線，我覺得可以在我們兩人之間傳達一個清晰的信號，即使是必須穿過這一切的扭曲與干擾。我等待著，看他是否需要我做什麼，但是一分鐘過去了，他卻像別人一樣搖搖晃晃步入黑暗。

我仍然拿著自己的杯盤，就繞到後面去丟進垃圾桶。克萊森先生在那裡，四肢大張倒在草坪椅上，只有他一個人。他兩手交疊，置於胸口，頭向後仰，靠著椅背上緣，靠著倉庫休息。他抬頭望天，天空一片漆黑，一顆星也沒有，他伸長了腿，兩條腿分得很開，整個身體像個上下顛倒的Y字。椅子旁有一個小冰箱，他的腳邊還翻倒了一隻酒瓶。

我從沒見過他這個樣子，一動不動，徹底關機。我以為他可能在睡覺，所以我就儘量輕手輕腳把杯盤放進垃圾桶裡，然後就轉身要回家。

我大概走了十步才聽到他出聲喊我。我聽到他的鞋子踩壓碎石，起初慢慢的，隨後加快。

他趕上來，從右邊經過我，直接站在我的面前，擋住了我的去路，手裡拿著兩罐沒打開的啤酒。

克萊森先生開了一罐，遞給我，再開一罐，喝了三大口。他無聲做出喝酒的動作。「喝嘛，」他說。「試一試。這是派對，大家都需要偶爾放鬆一下。你懂我的意思吧？」

我點頭，喝了一口。他說話的樣子很不像平常，就跟在我的口裡嘶嘶響又辣喉的泥巴味一樣。

「這裡隨時都歡迎你，」他說。「你是知道的。」

「嗯，」我說。「謝謝你。謝謝你一直對我這麼好，特別是今晚。」

「你也可以隨時使用游泳池，就算艾倫不想游也沒關係，你可以自己用。我偶爾會看到你，知道嗎，我在辦公室的時候。我可以看到籬笆後，而且我喜歡看你游泳，玩得那麼開心。」

我想到了那個角度，他的辦公室窗戶就能看到完整的泳池露台。我想到有時候我沒用毛巾包住。

「我來帶你看個東西，」他說。

然後，我絕對想像不到他會這樣，他繞到我的一邊，左手臂按住我的肩膀。他手裡仍拿著啤酒，他帶著我往拖車走的時候啤酒罐一直撞著我的胸口。

他把我帶得非常近，讓我們兩個都站在車軸的旁邊，面對著一排排吊掛的菸草。那個氣味，甜甜的、蔬菜似的、生生的，那麼的強烈，害我的眼淚都冒出來了。

「你知不知道，」他問，「現在這些會值多少錢？」

我站得這麼近，好像是有生以來第一次看到菸草。從莖桿上割下來，刺穿了，疊起來，壓縮成巨大的一捆，一點也不像植物了。即使庫倉裡不亮，我還是能看見葉脈。

「不知道，」我說。「可能很多錢吧？」

他伸手用力往菸葉裡插，可是拖車塞得太飽了，他的手穿不進去。他搖搖頭，彷彿就連他都不太能理解。

然後，他舉起啤酒來喝，胳臂仍摟著我的肩。他差不多是對我使出了摔角中的鎖喉那招才能辦到。

他退開後，啤酒泡沫從他的下巴流下來。

「來吧，」他說。「喝啊，我們要慶祝。」

我又喝了兩小口，卻幾乎嚥不下。我們在這裡太久了。

「知道嗎，艾倫有你這個朋友真是幸運，」他說。「沒有你他該怎麼辦？就他一個人，關在他的房間裡。」

他似乎真心這麼想。

「有時候我覺得他不懂得珍惜。」

我跟艾倫在一起的每一分鐘我都有這種感覺。我很訝異克萊森先生會注意到。你永遠不知道有誰也在注意。

「可是我們都需要朋友吧。」

「對，」我說。「我也覺得。」

「那我們呢？」他問。「你跟我，你怎麼說？我們能當朋友嗎？」

「不知道，」我說。「不過謝謝你的好意。」

我想要走開，他卻摟得更用力。

「唉唷，」他說。「我們都知道你想要這個。我看得出來。你只是需要別那麼拘謹。我來教你。」

然後就天雷炸裂。

他丟掉了啤酒，五指張開按著我的後腦勺，把我的臉壓向菸草，用他的手肘和膝蓋把我釘在拖車上。他的動作太快，而且意圖很明顯，我不敢相信他居然還有這一面——他身體中的鐵絲盤捲起來，壓力集中——即使是在他說話和走路都那麼慢的時候。我沒想到他那麼壯。

他的嘴巴貼近我的臉頰，雖然他像是鬍子刮得很乾淨，我仍能感覺到他晚上長出來的鬍渣刮著我，能聞到他呼吸中的啤酒味，混合著菸葉味。直到今天，即使是菸斗的一絲氣味，或是有人抽雪茄，都會讓我想要躲得越遠越好。他的左手往下摸索著長褲鈕釦，右手猛力拽下我的褲子。我氣急敗壞想要拉住褲子，可是他把我釘死在菸草牆上，現在是用肩膀頂住我，力量大過了我。

幸好，有個類似吹口哨的聲音，像咕咕鐘，我聽見有不同的腳步聲接近，緩慢穩定。

「唷喝，」口哨音這麼響著，音調上下起伏，然後愛德格從轉角走了出來。

克萊森先生放開了我，立刻後退。我們站在拖車和菸草倉之間，大概是十五呎的距離，他放開我後就移向另一邊，假裝他是在倉庫牆根小便。

愛德格朝我們走了幾步，隨即停下。

「喔嘿，老闆，」他說。「沒看到你在這裡。」

我們的身體形成了一個正三角形，每一個的間距都相等。

愛德格微笑搖頭。「喝太多『克萊森老爺』了！」他說。然後他做出舉杯乾杯的動作。「呼，」他說，咯咯笑，拿拳頭敲太陽穴，扮了個苦瓜臉，彷彿明天的宿醉已經開始了。

他稍微側對著我，我看過去，瞥見了他手上的菸草斧的銀色薄刃，幾乎低垂到他的腳踝。他抓得很緊，貼著他的腿。

我們終於直接視線接觸之後，他的頭又向後點。

「小子？」他說，然後又恢復了他跟我說話時那種笑罵的口吻。「你是瘋子嗎？太晚了。騎我的車，回家。」

「愛德格，」我說，其實我連他的名字都差點喊不出來。

但是他現在不笑了，他好像老了好多好多。

「回家，」他又說。「Vamos（快點）。」

我跑過了轉角，也明白了他的用意。我的腳踏車，我們的腳踏車，那輛生鏽的紫色超輪就停在菸草倉的前面，而且他把腳架放了下來，讓車子的前輪和把手都直接對準了離開這裡的方向。

我跳上腳踏車，看到屋子的二樓射出燈光，艾倫站在那裡，就在他臥室窗的玻璃後。他瞪著上方和遠處，並沒往下看，他抹過髮膠變硬的頭髮仍完美地旁分，而他背後的一切都燈火通明。燈光若是像那樣，你也知道是怎麼回事。有時候向外看的人什麼也看不見，只看到一片漆黑，但是從外往裡看的人卻是每一個小地方都看得清清楚楚。

我全身抖個不停，腳踏板都沒踩好，幸好我馬上就找到了平衡，加速離開。

我什麼也沒跟我父母說，也沒跟我兄弟說。我短暫考慮過報警，可我看不出警方介入能改善什麼。我不覺得我很確定那究竟是怎麼回事，或是我做了什麼，有多大程度是可以挽回的。我最主要是擔心別人知道的話會怎麼想。我很難堪，而且還在害怕。

天亮了，我根本都沒睡，我決定要回去找愛德格。我覺得他需要我。

我哥仍在睡，在五呎之外。我看著他的胸膛起伏。說不定他說對了，是跟錢有關。愛德格就是為了錢才來這裡的。

我拿了我能拿到的錢。我的除穗薪水袋裡的三張褐色百元大鈔，再加上生日卡裡的四張綠色二十元。

我等到午餐左右。然後，頂著正午的大太陽，我問我媽能不能開車送我到艾倫家。

「嗄，你的腿廢了嗎？你需要司機接送了？」

我跟她說我昨晚扭到腳踝，而且我只去一下下。進去就出來。她能不能送我去，然後在車道上等，拜託？

她開車送我去，我直接就去工寮，可是愛德格的房間徹底清空了，瀰漫著漂白水的味道。另外兩個工人在他們房間門口逗留，在另外那一頭。他們打量我，立刻就把眼睛垂下。

「愛德格？」我說。「愛德格呢？」

他們搖頭，其中一個摔上了門，但是另一個走上前來。他算是新人──這是他的第二季或第三季──不過我不知道他的名字。

他的眼神憤怒，我知道他相信如果不是我──以及我出現的地點和時間──這一切就不會發生。

「沒愛德格，」他說。「Desaparecido（失蹤）。不在這裡了。」

我不知道該怎麼辦。現在才是午餐時間，可感覺卻像一天已經結束了。一切都完了。我退後，拉開安全距離，然後蹲下來，把鈔票直接放在地上，攤開來像在玩紙牌。綠色，褐色，綠色，褐色，綠色，褐色，綠色。

我不知道匯率，但是我覺得，也可能我只是希望，這些有顏色的紙或許能有什麼不同的意義，更大的價值，如果我能夠把它們安全地傳送到它們需要去的地方，距此幾千哩遠的地方。

「你會再看到他嗎？」我問。「你回家會看到愛德格嗎？你能保證他拿到這個？」

「不知道，」那人說，但是他仍走過來。他手一抄就把鈔票全都收攏成一摞，重新排列，然後對半折好，塞進襯衫口袋裡。

那一刻，我聽到工寮的另一端有砰砰聲，克萊森太太從轉角出來。她一手拖著一條花園水管，一手提著紅水桶。她的呼吸沉重，頭髮用橡皮筋綁在後面。我從沒見過她穿這身衣服：一條舊運動褲，一件腋下變暗的T恤。

我們看著彼此，感覺看了很久，然後她把水沖進水桶裡，桶底的東西旋轉，再把混合了砂礫的水潑出去，潑出工寮。整個操作直接了當。

「他走了，」她說。語氣中的肯定是我記憶最深的部分。「你也不能來這裡了。」

往後幾天艾倫沒打電話來，我也沒打過去。

然後是九月了，開學上課，老師宣佈他不會再跟我們一起上學了。

「艾倫．克萊森搬家了，」老師說。

他轉學到多倫多一間私立學校，是住宿學校，我們沒有一個人聽過。

這件事已經過去很久了，我現在不住在特區，除非必要我也不回去。不過現在幾乎是人事全非，我已經認不出那個地方了。有時我甚至還得開車繞著舊的棋盤路幾次才能找回以前的方位。

許多從前的田地現在都變成了溫室，而斧頭和尖銳的木樁也大多被水耕蔬果設備取代，一切都由電腦控制，酸鹼值平衡。一切都從細心校準過的海綿裡長出來，大多數的植物再也不必接觸我們的神奇土壤了。我第一次領教到利明頓附近的新型工業溫室令人眼花的反光，綿延數哩的白色反光牆，此外空無一物，我覺得那是科幻電影的龐大場景。你尤其應該在晚上去看，中空的建築從內部發光，散發出這種帶粉紅色的橙光。燈光從幾哩外都看得到，在天空中盤桓，像一朵有毒的雲，永不消散。一天二十四小時，在世上最巨大的放大鏡下，十億個紅椒成長到校準過的大小、形狀，顏色，符合加拿大一級農產品的規格。

我從沒進去過，也沒參觀過周邊的組合屋，這類組合屋通常都架設在溫室附近，他們說目前有超過一萬名移工住在這裡。這是新的規模。一季十萬人，僅僅埃塞克斯縣。現在是男女都有，而且來自各地，有時我會試著想像愛德格仍在其中，只不過是忙著另一種作業，可能是種菜、拔菜、包裝最新鮮的本地產小黃瓜。

但是在艾倫家卻不然。那裡沒有溫室，也不再有農工。事實上是連一棵莊稼都沒有。

最後這一點很難相信，我知道，卻是千真萬確的，你可以問第九區隨便一個人。艾倫搬走之後幾個月實施了一次例行的地質調查，發現在克萊森農場的地底下有豐富的油礦。不到一年，菸草作業就全部放棄，所有的裝備與機器，拖車與拖拉機，都拍賣了。乾燥倉裡的橫梁盡數拆除，工寮和克萊森家的屋子在同一天被夷為平地。他們還必須要粉碎游泳池的底部才能把泳池填平。

我上一次回家曾去過，隔一條馬路，再一條馬路往上走，走到那個我認為曾是主菸草倉矗立之處。那是夏末了，我一個人坐在長草地上，看著鑽井運作，耐性十足，堅毅不斷，曲軸轉動，鑽頭頻點，而油井則把它黑色的商品汲引上來。我在這種動作中找到了韻律，機器的循環跟一系列的聲響配合。一個空洞的敲擊聲，接著是嘶嘶聲，然後是高調門的哀鳴聲，隨後又是一聲空洞的敲擊。很有催眠的力量。我向後躺，閉著眼睛，努力想像地底真正的情形。

我想像出一面黝黑的湖，我看見自己漂浮其上。石油是曾經活著的萬物，這地方一切的動植物，現在卻混合在一起，被高溫和時間以及世界施加的無窮壓力轉變成一種溶液。我悠長緩慢地吐氣，感覺到地面裂開，我的身體破碎。液體從我的組織滲出，我的胳臂和腿脫離了關節，我的大腦溶解，跟史前的海床殘跡混雜。我現在是原油，向油井底部的活門流動。然後無垠的油管吸收了我，把我送走，送過了幾片大陸，甚至送過了海底，最後我終於了解了我究竟是什麼，又價值多少。

遠房親戚

ONCE REMOVED

她不想去探望那位老奶奶。

愛咪打量那輛嬰兒車，然後是那些袋子，然後是她的男朋友跟寶寶。她查看手機：十一點二十六分。該走了。攝氏三十二度，濕度百分之九十，谷歌地圖說單趟路程就要一個多小時。有一幅以顏色標示的地圖把路線分段拆解：他們必須走的路線，一路上必須轉乘的地方。每一步都有它的符號，很像奧運，而每段花費的時間都以分鐘計算，最後再加總。走路十分鐘，火車三十六分鐘，公車十五分鐘，再走路九分鐘。

這麼熱的週日午後，不值得跑這麼一趟。

「任務取消，」她說。「取消！打電話給她，說很抱歉，可是寶寶不舒服，我們不能過去了。」

她把手機拿給麥特看。「你看到這些數字了嗎？外頭跟火爐一樣。」

麥特把愛拉抱在肩上，一邊哼歌一邊晃動，想要哄她提早午睡。他的背上流著一道奶白色的口水小溪，但是愛拉的眼睛已經閉上了，呼吸也變緩和了。他差不多快把她哄睡了。

他瞪著手機，再看著愛咪。

「現在也來不及了，」他說。「昨天或昨晚可能還有機會，可妳也知道她從今天早上六點就在烤東西了。」

他把寶寶放進嬰兒車裡，把一個尿布袋揹到肩上，再把另一個背包拋給愛咪。

「走吧。妳不能設身處地想想嗎？每樣東西肯定都準備好了，現在她正坐在那裡盯著時鐘，等著我們。」

愛咪記得一個星期之前的事。她萬萬不該接電話的，除了她誰還會打他們的家用電話？

「下星期天的一點好嗎？」

連哈囉都沒說，什麼話都還沒說。

「古莉？」愛咪那時說，然後立刻切換到自動導航模式。「下星期天？一點？我們應該有時間，對。太感謝妳了。到時見。」

「好，好，別遲到了，好嗎？一點準時。按門鈴。」

然後噠，只剩撥音號。而愛咪站在那裡，手裡拿著話筒。

「有可能古莉．沃克根本不知道我是誰嗎？」

她對著空氣問。

「不可能，」麥特說。「絕不可能。」他說得斬釘截鐵，讓她覺得舒服了一點。「不可能的事情。古莉．沃克知道妳是誰，一定知道。不過有可能，滿高的可能，她不在乎妳是誰。別往心裡去，我覺得她對我也是一樣的。」

愛咪瞪著放回去的電話。她剛剛跟她男朋友的姨婆簡短地交談。那是她男朋友的父親的母親的大姐。喔，拜託。他們為什麼老是被這些關係糾纏不休？之前也發生過，他背著她借錢給他的一個五等親，他的堂表兄弟姐妹的孩子。

她還是查資料才知道的。她上網查到了一頁專門說明家譜稱謂的資料。正中間以粗黑體寫著「自己」兩個字，其他人則都圍繞著這兩個字形成行列、分支和虛線。一般的東西很容易了解，父母、祖父母、曾祖、兄弟姐妹、侄子侄女、堂表親，可是再來就讓人搞不懂了。五等親可能是你之前或之後的一整個世代。或是你也可能跟某人隔了兩代，甚至三代。至於是從上一輩或是下一輩算起則無所謂。

「就像妳跟妳的露席兒『阿姨』，或是妳跟『小麥克』，」麥特解釋道。前者是已作古，後者是個兒童。

她覺得很古怪，他竟然比她更能了解她在宗譜上的位置。不過他的家鄉很特別，是新斯科舍省的因佛尼斯縣，那裡什麼都不一樣。不是比較好或比較差，只是不一樣。

她在安大略省南部出生長大，而他們兩人是在多倫多念書時認識的，已經在一起十二年了。感覺像是一輩子了，而現在他們有了孩子，她也做了調適，在合理的範圍內接受他的家人的行事風格。現在一年回去一趟已經固定下來了，而她也真心喜歡他的爸媽跟那棟有燒柴爐灶的房子，她也能欣賞夏季或是聖誕節的美景。大海和山上的雪和那些音樂。她知道麥特懷抱著未來衣錦還鄉的美夢，在懸崖上蓋一棟新屋，照他長大的方式扶養孩子，但是她在很早的時候就清楚表明她不會全年都住在那裡。

「不適合我，」她說。

他的家人實在是太多也太複雜了。麥特有五個兄弟姐妹，有幾個已經跟當地人結婚，而且開始有了下一波的孩子出現，她實在是弄不清楚，這一家的事才完，另一家又有事了。感覺上每個人都在管別人的事情。個別來看他們倒是沒有什麼特別不對勁的地方——只是她覺得整個社群有點太緊密了。而如果你是外人，幾乎不可能突破得了。

比方說當地超市的人老是在問東問西，不是員工，而是走道上的顧客，道地的陌生人。「那妳現在是誰啊，親愛的？」他們這麼對她說，彷彿她現在才剛開始做自己。「我常常看到妳，可我就是不……」

然後是漫長的停頓，接著，十次裡十次都會說：「妳覺得我認識妳母親嗎？」

或是，「妳父親是誰？」

或是，「妳能解釋一下嗎？妳現在是我的誰？」

她不覺得這種事是站在八種酥炸粉旁邊應該要問的事情。她在公園大道上的優特拉瑪加油站加油就從來沒有人問過她這種問題，那是在城市的中央，人人都說不同的語言。

「一點也不友善，知道嗎。根本是沒禮貌。」她有一次在有人問她「可能嫁給誰之後這麼跟麥特說。「我只是想進去買一袋六個價格過高的肉桂捲，就跟別人一樣。我的要求太多了嗎？他們只要像對待每一個走進門的客人一樣就好了，讓大家都輕鬆一點。」

她不了解大家是想找什麼，或是以為他們在這些家譜上找到了什麼。她母親這邊都是法語系加拿大人，她的外婆是十九個孩子中的老大。她想像著那一個爆炸網絡在數學上的可能。蒙特婁這一個城很可能就擠滿了她的親人。可是拜託。這種事你需要講道理。在這個階段，她自己的小家庭感覺更像是前室友，曾經跟她分攤電費的那種。

當初她和麥特找到工作，搬到蒙特婁來定居，就好像是他們終於單飛了。單獨在一起，展開一段時尚的、幾乎是歐洲的探險。在寶寶出生之前，他們幾乎每週都會換一家餐廳吃飯，每逢週日他們就搭地鐵旅行，隨便哪個站，想下車就下車，在沒去過的社區漫步。

可大約就在八個月後，第一通電話來了，驚人的鈴聲，牆上的盒子裡真的發出了叮噹聲。然後他們發現了她，或是對麥特而言，再度發現她。古莉·沃克，一個人住在恩典聖母區的一幢老人公寓。是他們在一個四百多萬人口的城市中唯一的親戚，或該說是他唯一的親戚。

「詳細情形我也不知道，」麥特跟她說，在他們第一次去探望之後。「五〇還是六〇年代出了什麼醜聞，不過她一個人住在那裡一輩子了。我們以前會在路過的時候去看她，十年裡可能有過一兩次。不過她從頭到尾都沒變，她現在的樣子跟我八歲的時候完全一樣，她好像完全不受歲月侵蝕。那個女人就是一股自然之力。」

古莉·沃克。她男朋友的父親的母親的大姐。愛咪現在很容易就可以找出她在家譜中的位置，不過這個人還有一點奇怪的地方，一種模糊的低語聲，愛咪覺得只要她一靠近古莉似乎就能聽到。還有一些基本的地方，她卻說不上來。

比如說她真正的名字吧。誰也回答不出來。

瑪格莉特的小名？或許是瑪歌莉特的諧音？葛楚德的變音？她不禁納悶：是什麼樣的名字才會讓你最後以「古莉」為終點呢？

他們的公寓位在高原區，是一棟三樓建築，沒有電梯，打開大門就是一架金屬螺旋梯，弧度很小，雙重螺旋形欄杆，不過他們想出了一套辦法。他們的嬰兒車是設計來慢跑用的，某種全地形三輪車，備配高花紋輪胎，但是要把它弄下樓，得有個人抬著前輪，另一個人握著把手，再斜著抬下樓。先前他們總是先把嬰兒車抬下樓再跑上樓去抱寶寶，總共跑兩趟，但他們慢慢進步了，效率更高了。現在他們只需要連人帶物都綁好，寶寶，跟她的必需品，會一起在三層樓高的地方被抬起，然後下樓。

步行並沒有她想像的那麼糟，還有點微風，而且到戶外來感覺很好，就他們三人，漫步在高溫下，穿過人群。他們到了地鐵站的驗票柵門又再來一次抬嬰兒車特技，接著她把嬰兒車向後壓，固定不動，搭乘長長的電扶梯下去。她很高興他們不必再討論這個過程了。障礙會出現，而他們就只是排除它，兩個人自動就位，平衡重擔，抬起來，越過去，越過去，走出去。你真正需要的只是另一端有一個人可以讓你依靠。一個真正的夥伴。

他們坐下，面對面，她盯著他鎖死車輪，再查看車罩下，看寶寶如何，重新擺放她的一些東西。

「對不起，」她說。「就，在家裡的時候。我過分了。大概是因為太熱了。」

「沒關係，」他說，而她知道他是真心的。

他輕拍嬰兒車的罩子，露出笑容。「至少我們把她弄到這裡了，接下來應該就輕鬆了。」

有時她很欣賞他能讓事情順利進行的做法。有時又覺得很討厭。

火車啟動，發出平常的嘟嘟嘟聲，晃動了一下。他們經過了頭幾站，她努力想像他們現在是在哪裡。不僅僅是地面上城市的相對位置，更是大格局中的位子。麥特閉上眼睛，向後靠，頭輕輕撞上車窗。她看著走道上的嬰兒車，再看他，再看她在車窗上的倒映。三個人長途跋涉去向一位年長的親戚獻上新生兒。

他們抵達時食物會準備妥當，也會有飲料，某人很可能會拍照——老奶奶抱著孩子。有多少人也做過這種事，或是類似的事？她想像著家譜上一開始到現在的所有嬰兒和所有的老奶奶。

說不定就是這樣。需要做的事情就得去做。有時她幾乎會因為那種完成一項基本任務的深沉滿足感而覺得尷尬。付帳單，整理辦公桌，準備赴約，甚至是提早了五分鐘。

不過其他時候她卻想要連同餐桌和桌上的早餐一塊掀了，刪除每一通電郵，放把火把整個地方燒了。無頭蒼蠅一樣想要取悅別人，所為何來？又是為了誰？她自己想要的東西呢？目前她也不知道自己究竟想要什麼，以及那些東西是否能在整個盤算中找到一席之地，可如果她不小心一點，是會有一種特殊的液態忿懣淹沒她的身心的，而且嚴重到她能在自己的唾液中嚐到，那種金屬味，像在舔一個九伏特電池。

有些日子實在很難保持平穩不致崩潰。通常，她覺得自己是個勞碌命，總是有太多的事，而且時間總是不夠用。可突然間就可能來個一百八十度大轉彎，她會覺得自己是個一無所有的人，有的只是看不到盡頭的歲月，只充滿了這些空洞的表演。一種感覺可能會緊隨另一種之後，或是有時兩者同時降臨。應接不暇，隨即空無一物。或是應接不暇以及空無一物。

火車繼續到站離站，麥特睡著了，頭輕撞著後面的牆。她讓他睡了十分鐘，這才踢他的腳。他睜開眼睛，略微驚慌，但視線立刻就落在她身上。

「沒事，」她跟他說。「快到站了。」

公車上沒有別的乘客，而他們居然提早了二十分鐘抵達公寓。

「這裡？」他說。「可以吧？」隨手指著小公園裡的一張長椅。

「可以，」她說。

他把攜帶式換尿布台鋪在被塗鴉的石板上，把寶寶放上去，解開了她的連身衣，拿出濕紙巾。他們帶了兩瓶母乳，但是要留著稍後餵的。愛咪解開了襯衫，又看了一次時間。餵奶，拍背打嗝，換尿布。然後是換衣服。

他們在一點整按門鈴，古莉的聲音立刻就從金屬對講機的開口傳了出來。

「我現在就在監視器上看著你們，」她說。「到大門去握著門把，一聽到聲音就拉。等你們進來，轉過去把門再推上，要關緊。」

「好的，古莉，」愛咪說。「我們知道。」

公寓有特殊的規定，搭電梯必須刷卡。你得在大廳等那個邀請你的人下來，由他們陪同你到他們的門口。他們來過兩次，古莉的說明都一模一樣，使用的詞彙兩次都一樣。

這邊是交誼廳，若是想舉辦什麼較大的活動，可以預約，不過這裡不是出租公寓，不是一般人想像的那種老人公寓。而且也絕對不是什麼長照中心，或是你可能在報上看過的那種老人之家。

「就算我死了，我也不會踏進那種地方，」她這麼說過。「這裡是真正的獨、立、產、權、公、寓，就跟城裡一樣。我們不是那種心裡沒有盤算的人。」

前兩次來訪，她把他們的注意力拉到粉紅色的工業級地毯以及螢光燈上，還有迎客的踏墊和大家黏在他們門上貓眼上方的塑膠花。

「這裡的人都很好，」她解釋道。「我們知道要怎麼計畫，怎麼管理我們自己的錢，處理需要處理的地方。我們擁有這些家，這裡是我們的財產。別人休想幫我們做決定。」

電梯打開了，但是他們並沒有立刻走進去，古莉也沒有出來。而且這一次她不是一個人，另外還有位女士，顯然年紀比她還大，個子較矮，腰更彎。她使用助行器。電梯中的人打量著外面的人，一時間氣氛彆扭死寂。

「那個就是，」古莉說。

「好，」另一位老太太說，還點點頭。「好。」

愛咪不知道她是誰，她們又是在說誰，但她只不自在了一秒鐘古莉就接手了，開始了一般的介紹。

「這位是我的鄰居芮吉娜，」她說。

「叫我芮姬，」老太太說。「或是阿芮。」

「這是我外甥馬修。嗯，不算是外甥，反正就是有親戚關係。這位是愛咪，這是他們的女兒愛黛兒。要是我沒算錯的話，寶寶大概是四個月大吧。」

「妳說對了，」麥特說，語氣過於活潑。「四個月。」他遇到這種場合就會使用他那種可怕的假布雷頓角口音。

愛咪立刻轉頭，默默向他傳達訊息。**別再用那種聲音了。**

「很高興認識你們大家，」芮姬說。「進來，進來。」

她揮手要他們前進，她卻動也不動。

在那一刻，電梯就像是個洞穴，一個懸浮在公寓中央一座深淵之上的洞穴，只靠一條繩索支撐。愛咪跨過那道小小的間隔，瞪著從底下照上來的光。

我們只是吊掛在這裡，她心裡想。

他們擠進了電梯裡，嬰兒車側放著，電梯門關上時，古莉立刻按了七樓，再按九樓。

「芮姬跟我雖然住在不同的樓層，我們還是朋友，」她解釋道。

「真不錯，」愛咪說。

到了七樓，古莉按住按鍵，麥特和愛咪和嬰兒車先出去，讓路給阿芮，讓她把助行器向前推，走到走廊上。

「那晚一點見了？」她說。

「好。」

門又關上，古莉轉向他們兩個。「吃完飯後，我需要你們幫她做點事。不會花太多時間。」

「沒問題，」麥特說，但是古莉已經回頭去按按鍵了。他瞄了愛咪一眼，聳聳肩。

古莉的公寓就跟以前一樣。大面積的米色地毯，只有一小塊地方是木地板，讓你脫鞋的，就在門後。她有個柳條籃裝滿了手織的拖鞋，幾十雙，都是同一款式，鞋面上有同樣的流蘇，但毛線的顏色不同，鞋子尺碼也不同，不同的花色，毛線繃緊的程度也不同。

「你們需要穿這個，」她說，抽出了她自己的拖鞋。「他們一開空調就把這裡弄得跟墓穴一樣冷。」

愛咪看著籃子。有多少雙腳穿過？

不過他們還是各挑了一雙。她是橘色加綠色，麥特是紫色加粉紅色。

「這種拖鞋最棒了，」麥特說，動動腳趾。「現在做不出這樣的拖鞋了。」

麥特說得對。她一定是從天亮就在忙了。餐桌上排列著藍白雙色的盤子，還有高腳水杯。愛咪端詳著瓷器櫃。好奇怪的家具。玻璃門後好多空位，掛杯子的勾子和盤子的立架都空著，等著物歸原位。

上次是什麼時候？她自問。**我們**？**一年多前**？**這個女人拿出這些來就只為了我們**？等他們離開後，這些東西都得要手洗。這棟公寓裡沒有洗碗機，而這些瓷器可能也太精緻，不能用機器洗。

餐桌的正中央果然就跟她今天早晨想像的一樣：一整隻烤火雞，在七月的三十二度天氣裡。愛咪光從公寓裡的味道就知道古莉把一切都打點得很到位，而且還準時讓菜餚上桌。週日一點，準點。她這麼堅持。

愛咪掃瞄了小廚房。到底怎麼辦到的？

她知道餡料中一定有馬鈴薯，就跟麥特的想法一樣，每一種醬料都必須搭配馬鈴薯。但是馬鈴薯本身卻不會有大蒜或乾酪調味，就連加入一丁點的酸奶油都不行。煮胡蘿蔔切片，不能切條。青花菜，而不是蘆筍。每一樣做法都跟麥特家一樣。

古莉直接把他們從門口帶到餐桌。

「我覺得我坐這裡，你坐那裡，馬修，愛咪坐那裡，寶寶在那裡。」

餐桌上擺了四份餐具，四方形的桌子每人占一邊。

「謝謝妳這麼費心，古莉，」麥特說。「準備這一些。妳真的不用這麼客氣。我們只是想看看妳，也讓妳看看寶寶。我們吃飯的時候可以一個人抱著寶寶，或是讓她躺在嬰兒車裡。」

他指著嬰兒車。在古莉的公寓裡，在那籃拖鞋旁邊，嬰兒車就像是從未來時空旅行穿越過來的，全部是黑色金屬和塑膠，占據了整個門口的空間。

「絕不能把她丟在那裡。」

強烈的語氣讓愛咪意外。

「看，」古莉說。「我摞了一疊書，你看，上頭還有一張軟靠枕。只要我們把她固定好，我們就能妥妥當當吃頓飯。」

愛咪看到流理台上的東西了：一堆圍巾和女用手帕，可能有三條。一條顏色鮮明的舊式繩子，模樣粗糙，藍白色的辮子形狀，像是漁船用的東西。她覺得她能預見接下來的情況，但是她還不太能相信。

「不好意思，」麥特說，「妳能再說一遍嗎？我好像沒聽懂。」

「她坐在那裡跟我們一塊吃飯。」

「哪裡？」

「椅子上，她的位子。」

「綁在椅子上？」愛咪問道。

「只是吃飯。」

你以為你遇上的是一種情況，結果卻是另一種。她等著麥特說話，禮貌版的**門都沒有。他媽的休想。一堆書和一條繩子**？沒等到反應，她又默默傳遞給他一則訊息。**要是你還不說話，那我就要說了。不過她是你的姨婆，你父親的什麼什麼。她是你的，對吧**？**你應該是那個說話的人。**

但是他沒吭聲。沒種。濕熱的沉默懸浮在他們之間，瀰漫在餐桌和火雞之上。她幾乎伸出手就能摸到自己的沮喪，像在浴室玩蒸汽一樣旋轉。麥特看著她，有片刻的彆扭——**別這樣**，她心想——但他別開臉，開了口。那種愚蠢的活潑聲音，還有那種口音。

「好吧，古莉。我們可以試個幾分鐘，看看情況。從來沒做過這種事。」

「她不會有事的。」古莉軟土深掘。她把繩子準備好了。「我們只是想讓她跟我們在一起。這個可以讓她牢牢地坐好。」

麥特抱起了他們的孩子，放到那疊書上，扶著她，讓古莉動手。她只從鼻孔呼吸，把繩子繞住孩子的腰，繞到齊胸的位置，再熟練地打結。固定住，但也夠鬆，大概就跟汽車安全椅一樣的鬆緊度。

「麥特，」愛咪說。

可是古莉立刻打岔，同時對著她搖頭。「沒關係的。唉唷，要是她不喜歡，要是她亂動，我們就再想別的辦法，」她說。「這個方法可以讓她坐在這裡，我們都可以一塊吃飯。」

她再繞了一條綠色渦紋圖案圍巾來藏住繩子，卻不夠長。「等一下，」她說。「你能按住她一會兒嗎？」

古莉走向櫃子，是玄關左邊的一道滑動門，她在衣架間尋找。接著拿出了一個塞得很飽的黑色行李袋，袋子上印著「頂尖裁縫」(Tip Top Tailors)的商標。她把袋子放在地板上，拉開拉鍊。裡面大約有五、六件男士套裝外套，外套下有襯衫和有褶痕的長褲，可能還有十條不同時代的領帶。

古莉抓了一把領帶，再回到餐桌。七〇年代的花朵圖案，較窄的款式。她拉了兩條繞住愛拉的身體，一條在腰際，一條在她的腋下，然後繞過椅背的垂直木板，打了兩個蝴蝶結。

「好了，她哪兒也去不了了，」她說，露出笑容。

愛拉這個叛徒還很喜歡。火車上的小睡，外加吃過奶，換過尿布，她目前的狀態是那種他們一週才會碰上一次的稀有空窗期。她舒服地咕咕叫，在古莉也咕嚕回應時對她綻開大大的笑容。

然後，生平第一次，愛拉．柏段—麥克佛森竟然終於學會抬頭了。她的頸部和肩膀和背部肌肉拉緊，嵌合到位，而她居然坐得直挺挺的，隔著餐桌直勾勾看著她母親的眼睛，甚至還轉頭看這邊或那邊有什麼新鮮事。他們從育兒書裡知道這個階段早就該出現了。這是他們一直在等待的一個徵兆，一個發展的指標。而現在她做了，通過了。

「她要吃點馬鈴薯嗎？」古莉問道，卻不等人回答就舀了一匙到愛拉的盤子裡。

「不行，」愛咪說。「我們還沒到吃固體食物的時候。」

「唉，別緊張。馬鈴薯誰都能吃，」古莉說。「你只需要這個，知道吧。我們以前只有這個吃。討厭的馬鈴薯。我不得不離開的那天，我跟自己保證不會再吃這玩意。可現在，還不是。」

然後古莉拿起她的叉子——是叉子，不是塑膠湯匙。是一般的叉子，有不鏽鋼齒的——從盤子裡舀了點馬鈴薯，舉到愛拉的面前。「那吃一點點好嗎？」她說。

「呃，」麥特出聲了。

不過，還用說，愛拉當然是向前傾，跟個老饕一樣狼吞虎嚥。一口，沒了，叉子乾乾淨淨，不往外吐，更多笑容。

「好棒喔！」古莉說。「跟匹馬一樣，這一個。吃得像匹馬。有的孩子，知道嗎，可挑嘴了。」

妳誰啊？愛咪心想。**妳又怎麼會知道「他們」是什麼樣子**？

她瞪著古莉，瞪著麥特，瞪著愛拉。他們三個都在笑，而她心裡又想：**你們到底是誰**？

她放棄了，轉而注意自己的盤子。火雞，即使是在正確的時節，即使是在聖誕節，都不是她的最愛。吃完後的打嗝，她已經能感覺到了。還有飯後的派，還有茶。你永遠也沒辦法讓這些老太太不加奶進去。原味的茶？沒這玩意。

這頓飯大概吃了四十分鐘。然後古莉站起來去解開愛拉。

「我們可以放妳走了，小東西。妳真了不起。」

她拉扯蝴蝶結，一下就拉開了。孩子開始向前傾，但是古莉一隻巴掌按在寶寶的胸膛，攔住了她，然後麥特滑過去抓住她，讓古莉鬆開繩子。

「我沒想到行得通呢，」他說。

「嗐，大家都喜歡吃飯啊。」

「對，可是寶寶。」

「怎樣？最後不是也跟我們一樣。」

他們在喝茶，坐在沙發上，瞪著窗外，這時古莉說：「你們覺得我們現在可以去看芮姬了嗎？」

愛咪一直盯著時鐘，所以她才注意到古莉的時間抓得極其精準。話才從老奶奶的口裡冒出來，秒針就通過了十二，正好下午兩點。分毫不差。

愛咪恍然大悟：**我們不是我們來這裡的原因**。寶寶在麥特懷裡，她也把她考慮了進去。**也不是妳，小朋友**。

她微微覺得暈頭轉向，他們顯然是某人計畫中的一枚棋子，但是重要的細節卻被隱瞞了，她完全猜不透接下來會是什麼情況。

她看著麥特，但他這次照樣是遲鈍不覺。

「那好吧，」他說。

古莉一下子就站了起來，雙手在洋裝前襟擦了擦，再走向側邊的一間臥室，關上了門。等她再出現，她提著一個黑色把柄的黃色工具箱，箱子側面印著「史丹利．胖邁克斯」。愛咪想不通是怎麼回事。不僅僅是古莉站在門口的樣子，手上拎著工具箱，急著要走，還有那個商標，那個品牌。到底是誰覺得史丹利．胖邁克斯這種名字會讓人有購買欲？

「我們走吧，」古莉說。

「妳需要拿那個嗎？」麥特問道。「我們是要做什麼嗎？」

「是有點事，」古莉答道。「不是什麼大事。我們只是需要多個人手，還有比我們高一點的人。」

他提議要拎工具箱，但是她卻把箱子抱近。

「不、不，」她說。「我拿就好。不過我們應該要一塊過去。芮姬也會想看看寶寶。」

於是他們就這麼去了，四個一起，沒帶嬰兒車。愛咪抱著寶寶，古莉抱著工具箱，麥特設法在她們之間找到空位。他們下到七樓，敲了一扇沒有用什麼特別裝飾標識的門，而芮姬應聲開門。

「抱歉有點遲了，」古莉說。

「沒關係，」芮姬說。「進來進來。就在那邊。」

這間公寓跟古莉的公寓格局正好是反過來的——玄關在左，廚房在右——不過芮姬也有同樣的大窗，擺放沙發的位置也相同，臥室也同樣在側邊。主要的不同之處是風景，另外就是公寓中幾乎什麼也沒有，只有箱子和樂柏美(Rubbermaid)垃圾桶，另外就是一張餐廳椅，跟古莉家的那套款式一樣。

「妳要搬家嗎？」麥特問道。

「對，」芮姬說。「差不多都收拾好了，只剩一兩樣東西。」

「所以我們才需要你，」古莉說，同時指著天花板。

起居室的中央，就在原先曾擺過桌子的上方，有一架醜陋的中型黃銅大吊燈。

「那是我的，」芮姬說。「我裝上去的，現在我要拿下來帶走。」

「放心吧，」古莉說。「有我們呢。鬆幾顆螺絲，再剪個幾下，沒一會兒功夫就弄好了。」

接著她轉向麥特和愛咪。「公寓只提供基本的設備，小氣的王八蛋。所以我們只是要把這個拿下來，再把舊的裝回去。我都忘了你有多高了，」古莉跟麥特說。「不過你比我想像中要矮一點，而且我們也沒有梯子，所以我希望這個就夠了。」

她把椅子拉到房間中央，接著打開了工具箱，拿出一把橘色的無線電鑽。

「她都充飽電了，」古莉說。「我覺得鑽頭也是正確的十字鑽頭。」

「我就是不能把這盞燈留給凱倫，」芮姬說。「她以為她嫁給了我們的小艾迪，我們的東西她想要就有權利要。」

芮姬現在看著愛咪，比著大吊燈，卻對著整個房間說話，彷彿全世界的人都知道凱倫是誰，知道她那些令人受不了的行徑。如果凱倫以為她能走進這裡拿走吊燈，哼。

「知道嗎，上頭有七十八件真正的水晶，」芮姬說。「七十八件。可不是玻璃，是真正的水晶，是我們的結婚禮物，亨利的祖母送的，我們結婚後的第一年把它裝在家裡。後來每年春天我都會把這七十八件水晶拿下來，戴上手套，用醋一個一個擦拭。」

她放開了助行器，舉起了手，靠自己的雙腿站立，模擬擦拭的動作。她的一隻手裡拿著想像中的水晶，另一隻手起勁地擦洗。

「你們真該看看它原本的樣子，在擦亮之後，不像現在，而是它完美無瑕的時候。居然能把它擦得那麼漂亮，真想不到。後來我們把房子賣了，搬來這裡，只有這樣東西我一定得帶過來。」

古莉從工具箱裡拿出一捲膠帶，關掉了電燈，再把一段膠帶貼在開關上。

「以防萬一，」她說。「我們可不想讓誰在拆燈的時候把頭髮燒掉了。」

一切就如同她的計畫。麥特站在椅子上，高度剛剛好。他拿電鑽瞄準螺絲釘，把它取了出來。吊燈還有個支架，比他預計中來得複雜，內部有條強化纜線，在吊燈下降幾英吋時幫忙承重。

「這個我不知道該怎麼拆，」他說。

「你沒問題的，」古莉跟他說。

不到二十分鐘他就在鬆開最後一個橘色電線連接器，把吊燈拆下來了。他用雙手捧在大吊燈的底部，抓著枝條，像個什麼俗麗的大燭台。

「幫他個忙啊，真是的，」古莉下命令，同時把寶寶抱過來，把愛咪推向椅子。然後古莉低頭看著愛拉。「我的小丫頭在哪裡做大事啊？」她說。老太太的眼睛既明亮又瞪得大大的。

愛咪走向中央，舉高了手，麥特把大吊燈放低，她感覺到重量轉移。好沉，但又沒有她想像中那麼沉。兩人合力把燈抬下來，放到一個垃圾桶上。

在放下的途中，窗外射來一道光，暫時照亮了水晶的斜面。愛咪看過類似的東西，小學時候的科學課展示，老師帶了她的三棱鏡來分解光線。在那時以及在現在，房間看起來都好像快爆炸了。但是色彩卻比她記憶中強烈，灑落在米色牆壁上、地毯上，所有人的身上。紅紫光閃在麥特的臉上，綠藍光在芮姬和她的助行器上滾動，橙黃光照著寶寶和古莉。接著變換，再變換。所有的顏色四處轉動。

愛咪想跳舞。跟麥特在真正的夜店裡跳舞，有煙霧製造機，有頻閃閃光燈，有彩虹雷射。回到他的身體仍年輕，他比較瘦、比較結實的時候。她那時有多愛那種科技節拍：嗚茲、嗚茲、嗚茲。

「好，換上那個垃圾，」古莉說，朝那個擺在垃圾箱頂上的替換品點頭。那是基本的雙燈泡電燈，加上一片圓形的毛玻璃燈罩，就像個上下顛倒的乳房。

原始的便宜貨不到五分鐘就裝好了，麥特這才從椅子上下來。

「要不要來罐冰啤酒？」芮姬在他的腳都還沒碰地前就說。

愛咪聽在耳裡卻像是在背劇本，像是芮姬計畫過也排練過的話。

「我的冰箱裡有六罐冰涼的啤酒。」

「不用了，謝謝，」麥特說，拍拍肚子。「實在裝不下了。古莉塞了我那麼多火雞，這把老椅子還撐得住我，真是謝天謝地。」

短暫停頓，接著古莉指著三樣東西：垃圾箱上的大吊燈，天花板上縮水的燈，時鐘。

「我不就說過嗎？」她對芮姬說。「我說什麼來著？我們三點前就會弄好。妳看看：兩點四十五分，而且全部都整理乾淨了！」

她跟芮姬使了個眼色，愛咪不太能理解。揉雜了得意、寬心以及成就感。事情圓滿落幕，請記錄。

「凱倫會氣死！」芮姬幾乎是在大聲笑。「想想看她看到的時候，應該說她沒看到的樣子。裝模作樣的女人。」

「妳乖乖閉好嘴巴，」古莉說。「不准跟她或是別人提一個字。我們要它是個可愛的小驚喜。她這下子可拿我們沒轍了吧？」

芮姬和古莉讓愛咪想到了校園，或是她有時仍和最信賴的朋友說話的樣子。女孩子們有時會以數學般的精準討厭別的女生，或是討厭前男友，或是混蛋的前夫。那有多好玩，感覺有多痛快：有人完完全全站在妳這邊，而且全心全意討厭妳討厭的人事物。

古莉歡天喜地撕掉了開關上的膠帶，開開關關了幾次。可憐巴巴的燈泡亮了，立刻又熄滅。

「你看有多差勁，」她說，伸出一隻手。她的喜悅幾乎壓抑不住。

「太完美了，」芮姬說。「好了，你們趕緊都回樓上去吧。」

有時候，在日正當中，你發現你正在做早上壓根沒想到會做的事情。

愛咪一個人站在電梯前時想著這一點。電梯門打開了，裡面空無一人，她朝走廊低聲說話，同時揮手。「OK，可以進來了。」

然後她男友的姨婆，古莉．沃克女士，還有她的男友麥特，以及她的女兒愛拉，從芮姬的公寓中出來。他抬著一具醜陋的中型黃銅大吊燈，而老太太抱著寶寶。

她以腳擋著門，同時扭頭匆匆查看是否有陌生人從反方向過來，接著她盯著自己人靠近，一次一個。她想到了「不法勾當」這個詞，或者該說是「搶劫」。

回到九樓，他們再次查看走廊，這次也是空無一人。

「抱著她，」古莉說，把孩子還給愛咪，再快步向前去開門。「進來！」她說。然後他們沿著走廊過去——麥特和愛咪和愛拉和大吊燈。

跨過古莉的門檻後，麥特把那個俗氣的東西放到沙發上，愛咪把愛拉送回嬰兒車裡。

愛咪的心跳變快，她分不清這是什麼感覺：得意洋洋嗎？

古莉仍在微笑，但是麥特好像有點累。

「我們要拿這個怎麼辦？」他說。

古莉指著客房緊閉的房門。「暫時先放到裡面吧。不過也不急。我們可以現在就搬，或是等你喘過氣來。你想要的話，我可以幫你泡杯茶。還有人想喝茶嗎？」

愛咪可以感覺到古莉在打量他們，評估他們還剩多少力氣。

「不、不，」麥特說，語氣較之前唐突。「妳說怎樣就怎樣。只要指出正確的方向。」

古莉走到客房前，打開了一條縫。「恐怕裡頭的空間不夠了，我們得斜著抬才能放進去。」

古莉在前，麥特和愛咪在後，斜著抬大吊燈。

房間很暗，但還不至於伸手不見五指。窗簾遮著，但還是有光能透進來。

「電燈開關在那邊，」古莉說。「我幾乎都不用了，而且我還得把它貼上膠帶。」

愛咪沒辦法一眼就看盡。房間幾乎無法容納他們三個人。她數到五個櫃子，可能是六個，裝滿了瓷器。那邊的那個，餐具盒敞開著，展示在上層，幾乎可以歸類為自助餐的等級。總之就是數量龐大。她盡量估算這些東西的整體重量，或是餐具中硬木的數量。上頭沒有灰塵沒有指紋，就連空氣中似乎都瀰漫著清潔劑的氣味。

她左看右看，而伊莉莎白女王似乎從各個角度在端詳她。她定睛細看，她的臉孔，女王的臉孔，持續老化，出現在十二個鑲金邊和鑲銀邊的盤子上，紀念著她不同的統治週年。

還有一批手工棉被，對稱地陳列在一個層架上。還有一幅業餘人士畫的風景，一條小溪流過一些樹木。還有勳章，絲絨盒子敞開著。以及一隻狐狸標本。一套紀念品湯匙，可能有五十支，尾端有花紋，架在後面的牆上。陳列木盒上是很細緻的烙燒尼加拉瀑布，水面上方以花體字寫著「霧中少女」。一個書架上擺著裝框的相片，是冰上曲棍球英雄莫瑞斯．李察的簽名照，他激切的眼睛和在他身後飛揚的冰渣，但是他的筆跡卻整齊可辨，他的背號九還圈了起來。

「我怎麼不知道，」麥特小聲說，仍抬著大吊燈。

「啊，不算什麼，」古莉說。

然後她似乎又有了不同的想法。「嗯，顯然是算什麼。很了不起的什麼。不過到頭來，我很肯定，還是一大堆沒用的東西，只是害人頭痛的東西，真的。我真不知道幹嘛費那個事。」

她似乎是第一次審視這個地方。「麻煩是在為這些東西找個家，或是找個好人家。不知道我該怎麼辦。就在前一陣子，我都還跟每一個要求的人說不行、不行、不行。再也裝不下了。」

她指著最左邊的角落。「像那些。天啊，我該怎麼辦？」

在一張矮桌上起碼有六十對鹽和胡椒罐。主要是貓頭鷹和熊，不過也有一對穿皮褲的肥嘟嘟奧地利人。還有士兵和風車，昆蟲和毒菇。然後，就在與眼睛齊高的位置，就在罐子旁邊，是一幀加框的照片，照片中是個小男孩穿著短褲和靴子站在冰凍的池塘中央。

古莉抿著嘴唇，搖著頭，大概可以說是絕望吧，但她看見了麥特，仍抬著大吊燈，她就又微笑了。「不過，那一個顯然是特殊的例子。」她伸出手，撩了撩一個水晶。「這個東西。我是不懂，可是對她非常重要。而我就是沒辦法跟老芮姬說不，我們是很久很久的朋友了。」

她用指關節敲了敲一個櫃子的正面玻璃。「他們大多只是不想讓自己的東西淪落到街上。」

接著她又想了想。「或是給錯了人。很多時候，他們是想要藏起來，而不是送人。像這個。」她又指著大吊燈。「對阿芮來說，送給陌生人都比留給凱倫強。」

麥特把大吊燈抬高。這東西沒有腳，也沒有扁平的表面。不能讓它立著，也不能讓它倒著。

「可是要放哪裡呢？」他問。「怎麼放？」

「就裝進那個洞裡吧，」古莉說，朝天花板抬下巴。

就在他們的頭頂上，顯而易見。天花板上的開口以及裸露的八角形托架和下垂的黑白電線。

「上個禮拜我在桌上放了一個箱子，站上去想要把那個小傢伙弄下來，結果我不夠高，也站不穩，我當下就知道我是沒辦法把那個大傢伙弄上去的。而且也找不到人了。我們以前有的人現在已經沒了。」

愛咪不喜歡她的說法。古莉脫口而出的「我們」。我們現在究竟是在說誰？她很想問。

愛咪記得門邊的櫃子，那麼多的襯衫長褲塞在「頂尖裁縫」袋子裡，幾十年前的醜領帶。她想到物品的來生。所有仍在這裡的東西和那些已經不在這裡的人。

她看著麥特爬上桌子，設法扛住這一件遺物的重量。古莉跟循著他的動作，眼睛眨也不眨。

愛咪心裡想：在妳最後找上我們之前，究竟經歷了多少人？

她在一張長名單的底部看見了他們的名字。最後的一招。她想像著古莉在打電話給他們之前跟芮姬說話。「有可能吧，」她一定是這麼說。「我跟他們不很熟，不過有可能吧。他大概這麼高。我還得烤一隻火雞，不過那是小事。妳覺得妳能冰一點啤酒嗎？」

麥特忙著把支撐的電纜勾進托架裡。「我覺得我需要妳上來，」他對愛咪說。「妳能在我把燈抬起來的時候把電線轉在一起嗎？」

「好，」她說。然後就跟他一塊站到桌子上了。

為了要重新接線，再把電線塞回底板後，愛咪不得不貼著麥特站，髖部和胸部都緊緊挨著他。兩人的四條胳臂都舉在空中，襯衫向上撩，露出了肚子。她感覺到他肚臍四周的體毛摩擦著她的私處，自從她懷孕之後這裡就多出了一層皮。一瞬間，感覺太私密，像是古莉不應該看到的事，但是她往下一瞄，立刻知道老奶奶只盯著他們的手看。

幾乎快完成時，古莉舉高電鑽跟一些較長、較結實的螺絲釘。「好，再來是這個。那邊跟那邊，然後就差不多了。」

就在這時，在另一個房間裡，被放在嬰兒車裡的愛拉哭了起來。真正的哭。愛咪看不到寶寶，但是她知道這種漸漸放大的聲音。那種調子、速度、斷續的結構，是無法安撫的世界大戰等級的哭號要爆發了。既疲憊又迷失，精力耗盡又偏離了常軌，這個孩子受夠了。她的肺榨空又裝填，又是喘氣又是嗆咳。

「我去看她，」古莉說。「你們弄。」

愛咪專心盯著孔洞，排列好螺絲釘，再啟動電鑽。底板的一側嵌入天花板，接著是另一側。她兩手放下，看是否牢靠。然後麥特小心翼翼放手，先放一手，再放另一手。一切都很穩當。最後這一項工程大約花了五分鐘的時間。

兩人的目光剛離開天花板，就看見古莉抱著安靜了的孩子。她邊哼歌邊晃寶寶，雖然愛拉的臉上有紅斑，兩邊鼻孔也流出鼻涕泡，卻安靜下來了。

「妳覺得這些人怎麼樣啊？」古莉問道，指著站在桌上的他們。「他們是不是很能幹啊？妳覺得我們應不應該把他們留下來啊？妳覺得呢？」

愛咪拉直襯衫，爬下桌子，麥特也爬了下來。然後他斜著穿過兩張桌子之間，把幾張桌子推開，方便他走到對面的牆。他撕下了膠帶，打開電燈。

愛咪小時候以為kaleidoscope（萬花筒）這個字其實是collide-o-scope。而此刻看著大吊燈在黑暗中點亮，照明了各種東西，她又想起了這件事。七彩顏色綻放開來，新的燈光映照在舊玻璃和銀器和光亮的木頭上。他們又站在燈下一會兒，誰也沒說話。

然後麥特做了不該做的事情。他沒有離開房間，沒有就讓燈開著，反而把燈開了又關關了又開太多次，刺痛了每個人的眼睛，寶寶不喜歡，愛咪也被他站在那裡，兩腿分得過開的得意忘形德性惹惱了。他每次做個什麼事就會這樣。還有他的聲調，可笑極了。

「只是檢查有沒有火花，姨婆，」他說。「我們得確定線路安全。不過我想我弄好了，妳現在應該都沒問題了。」

「對，對，」古莉說，顯然不覺得佩服。然後她轉頭直接跟愛拉說話。「要不是他，我們是怎麼樣也想不到的，對不對？不然妳以為貼上膠帶是為了什麼？唉呀，少了他這麼高這麼壯的男人，老太婆該怎麼辦喔？」

這句挖苦讓他們詫異，這種冷嘲熱諷。

麥特對著愛咪挑高了眉毛，但是古莉翻了個白眼。

「唉，」她說。「有時候我都快忘了他們在這個年紀是什麼樣子了。」

起初愛咪以為她說的是寶寶，但是古莉卻比著麥特。

「我知道，我知道。有的人很厲害，特別是這類的事。抬這個，扛那個，可是有些人，要命，他們真能惹火你。知道我的意思吧？」

「知道，」愛咪說，回答之快嚇了她自己一跳。

她想要配合古莉扮的鬼臉。她在雜誌上讀到的文章說讓你的面部表情配合別人是表示基本認同的最佳方式。再加上重複對方說的最後三個字。可是眼下她聽不出古莉的語氣。部分是想要說笑，她覺得，部分是在開玩笑，但整體上卻不是。

「妳當然都知道我的事，」古莉說。仍在搖晃寶寶。「當年的事。我為什麼不得不離開家，到外面的世界來闖蕩。我相信妳都聽過了。」

愛咪鎖定了古莉的眼睛。「沒有，」她說。而突然之間她變得非常嚴肅。「他們什麼都沒跟我說過。」

古莉從鼻腔裡哼了哼，像是在考慮，考慮愛咪的純然無知。然後她看著麥特，他仍站在開關旁。他也一樣，完全無知。有些話現在就是可以說的時候，愛咪努力想像古莉．沃克或許能夠插入這個空間的話。

老太太似乎是一直在思索，所以有了一段漫長的停頓，但隨後她卻搖頭聳肩。

「啊，現在大概都不重要了吧，」她說。「看看這裡。」她指著那些瓷盤，莫瑞斯．李察，女王，狐狸。「費這麼大的力氣，」她說。「對我跟每個人來說。說了你們也不會相信。我們得熬過的困難。六十年前別人理都懶得理我，現在卻把這些都留給我。」

她伸手去扶正那幀小男生穿短褲站在冰面上的照片。「不過他們大概也都死了。」

這句話說得平淡，就事論事。「我爸媽跟修女跟我的兄弟姐妹和那些愛饒舌跟那些喜歡聽閒話的人。但是現在沒有一個人能說我什麼了。就好像一切都沒發生過。」

她轉頭看愛拉，眼睛瞪得格外大，又作出那種似笑非笑的扭曲表情。然後她對著寶寶濕濕的小臉重複同樣的話，但這一次語調像唱歌，高低起伏，像成人只對嬰兒說話時會有的假歡樂聲音。

「好像一切都沒發生過。」

她把寶寶還給愛咪，別開了臉。

愛咪瞪著站在房間另一頭的麥特，再看著愛拉，再看著古莉。

麥特朝他們邁了一步，就在此時，古莉深深吸口氣，只用鼻子吸，整個人挺直了。

「對，」她說，拍了兩次手，雙手互搓，接著又說：「所有人真的都確定不需要再吃點什麼了嗎？」

愛拉用力推著愛咪的胸部。這個孩子從頭尾兩端都散發著味道。一塊塊吐出來的馬鈴薯黏著她漂亮洋裝的前襟，她的尿布開始流出一道暗色的液體。古莉的衣服也是一團糟。

「我看需要來個全套的清理了，」愛咪說。「尿布袋，嬰兒車底下。」

「好，」麥特說，從她們面前走了過去，走出了房間，一句話也不多說。

古莉看著他走，再抬眼看吊燈。愛咪順著她的視線看過去。吊燈實在是醜。她們兩人都搖頭，嗤嗤笑。

她聽見麥特在另一個房間翻找他們的東西。

「找到了，」他終於說。「別擔心！」

「太好了，」愛咪說。

她朝古莉翻白眼，老太太露出笑容，而愛咪想著二十年後把這件事告訴愛拉的情景。

「她已經過世了，妳的太姨婆，而且妳也記不得了，不過有一次她把妳綁在椅子上，塞馬鈴薯給妳吃，吃得妳都吐了。還有妳爸跟我，我們偷了一盞醜不拉嘰的大吊燈，裝進了她的天花板上。然後……然後我就不知道大家以後怎麼樣了。」

在這場白日夢中，或說是幻覺也罷，成人愛拉，或者是少女愛拉，愛咪無法確定——她只瞄見她的長髮和長腿——但是這個女孩子，她從母親撇開頭，看向別的東西，她自己的裝置，在她的手心發光。不是手機，可能是手機之後的發明。只是一團光，把她吸了進去。

愛咪只看見了一秒鐘，她自己和這個長大的女兒，在說話，可後來夢就不見了，又是蒙特婁近黃昏之前的下午。三十二度的高溫，百分之九十的濕度，而且還得花一個多小時才能到家。

她知道他們得趕快出發。日常作息打亂了，今天剩下的時間也要浪費了。地鐵裡的空氣會悶熱酸臭，愛拉可能又會睡覺，在完全錯誤的時間裡，在列車搖搖晃晃的節奏中。然後在半夜三點，她和麥特又得起床，重複古老的鬥爭，設法讓孩子躺下睡覺，但是孩子全部的精力卻朝反方向發洩。她看見接下來的這幾個小時，看得一清二楚，就好像是已經發生了。

不過，或許不必是那樣子的。或許即將發生的事都可以再等等。愛咪感覺到愛拉的呼吸，她的脈搏變慢了。她自己的身體也跟隨著。她思忖著那些餐具和瓷器櫃，在別的地方拆下來，被運送到這裡來再重新組裝。那些擁擠的抽屜和架子。外頭，日光漸黯，但是在這個小房間裡，在燈具照明下，她感覺到一種明亮的寂靜降臨，彷彿遙遠的過去正向前洶湧，而未來則向後倒捲。愛拉和愛咪和古莉。她們暫停，三個人單獨一塊，被囤積的富饒包圍。那些其他人喜愛過的，以及那些他們不願意讓別人得到的。

交屋日

THE CLOSING DATE

事發地點距離我們現在的所在地不遠。「小憩片刻」仍在，但是在整件事曝光之後——至少是主要的部分——他們就不得不改個名字。那地方關閉了兩個月，再重新盛大開幕，成為較大的「睡眠站」連鎖店。現在的招牌顏色是藍色的，而不是褪色的橘，名字的四周還有星辰月亮，但是從外部看，似乎做的仍是同樣的生意。長途卡車司機和高速公路建築工人，行李箱裝著樣品的銷售員，必須在此時此地進行的短期工程的包商。淨是些中間的過客。他們仍然需要床鋪和休息的地方，因為他們全都離家在外，而這棟建築，單層，十二個房間排成一列，可以滿足他們的需求。床單和毛巾會更換，還有一個人會把白瓷洗手台裡噁心的毛髮拔除。口紅印和灰色的指紋有人擦拭，所有的玻璃器皿都用特殊的蠟紙再包裝過，保證有消毒殺菌的功效。垃圾桶會清空，地毯會打掃，小香皂和洗髮清會再補充。浴缸排水口的一圈紅色鐵銹頑垢會刷洗再刷洗，而上一位客人就在下一位抵達之前離開。不同的信用卡刷卡。他們提供的是輪換的隱私，我們有一陣子也是其中的一個循環。入住再退房。

我們會挑選這裡是因為便宜——是同一條街上「超級八」或「優質套房」的半價——也因為這裡正巧是我們需要在的地方：跟我們剛買下的房子只有不到兩條街的距離，兩天之後我們就會搬進那棟永遠的家了。那時是我們什麼都還剛剛起步的開始，城市是新城市，工作是新工作，生活也幾乎是新生活，至少會是一種新的生活型態。我們的女兒萊拉四歲，梅蒂也懷孕七個月了，而且差不多要給他取名為亨利了。在這兩次懷孕之間我們經歷過一次非常傷心、非常晚期的流產，所以這一次我們盡量格外小心。不突然轉向，避免非必要的出力。我們為搬家制定了一個詳細卻不太奢求的計畫，而小憩片刻就是其中之一。兩張雙人床，一個迷你冰箱，一台咖啡機，一晚六十三元。蒙特婁的公寓清空之後，我們駕車到哈利法克斯，住進汽車旅館兩晚，等待著搬家公司的卡車抵達。我們的交屋日，正式交屋的那一刻，已經在幾個月前就敲定了，六月一日的日期章蓋在我們所有的文件上；但是在房子交給我們之前，我們要暫停一下，重新開機。我們想為這次的改變做好準備。

我猜大家都曾在類似小憩片刻的這種地方住過至少一晚。小時候，我爸媽都會搜尋這種樸實的旅店，價格實惠，有停車位，還可以讓我們在一座沒有救生員、沒加溫的戶外泳池裡游泳，距離卡車以及高速公路來來往往的車流只有二十呎遠。我們家有五個孩子，我爸媽只要有可能就會要求相連的房間，老闆會多給他們一把鑰匙——通常是串在一塊過大的木頭上，或是一片厚厚的塑膠上——然後我們就能轉動神祕的銀色門把，透過這扇大多數人都不會開啟的門跑來跑去。

相連的兩個房間一模一樣，只是格局相反，就如鏡像，兩張雙人床挨著共同的那面牆。我們會從這張床跳向那張床，消耗掉剩下的精力，而我們的爸媽會讓我們在這邊房間裡熬夜看奇怪的、有時是說魁北克法語的電視，而他們則一塊回到另一個房間。如果那天很熱，他們可能會帶著六罐裝的啤酒或是一瓶葡萄酒加上一袋薯片或是吃剩的披薩回房。半個小時後，他們會有一個人起來，悄悄關上門。我記得那個喀嗒聲。接著就剩下我們自己，五個人在房間裡，跟他們隔開，大概再一個小時他們才會再回來，我們就會再分成五條線。兩個會跟媽睡，三個在隔壁跟爸睡。

事件上了電視新聞時，汽車旅館的照片占滿了螢幕。警車和閃光燈，封鎖線和三角錐，穿防護衣的人進出機動的鑑識車。就跟你想像的一樣。第一個星期就有六輛衛星報導車停進了停車場，還有一整排的記者，不同種族的漂亮人兒，全都頂著完美的髮型，為國內及國際新聞現場報導。事件也上報了好幾個月，幾乎持續了一整年。有一陣子，感覺上全世界都在注意——沒有事情比戲劇性的人命損失更能讓我們生龍活虎。但是梅蒂跟我，可能只有我們兩個，覺得這些報導——那種紛擾，那麼多的電纜、照明、反光板以及分鏡解析——完全搞錯了重點。在新家的早餐時間，我們會吃著麥片喝著柳橙汁，看著新聞，看著報紙，消化這些內容，份量遠高於日常的健康攝取量。我們漸漸變得熟悉，幾乎是太過熟悉，被害人的照片以及他們可憐的背景描述。我們開始對著社論，那些深刻探討，以及想尋求解釋的文章搖頭。有時候甚至感覺很侮辱，彷彿這些陌生人是在談論他們根本就一無所知的事情。在那萬眾矚目的一年裡，日復一日，事件揭露，我們占有它，或該說它占有了我們，而雖然我們從不想要這些角色，我們卻被轉換成有台詞、有清楚角色的人物。就如在濃霧中遊蕩，拿小憩片刻說笑的世界徹底包圍了我們，我們不得不在其中呼吸與生活。

兇手現在大家都知道了，是一家水電行的老闆。在我們第一次停進汽車旅館時，他的卡車已經在那兒了，停在一〇七室的前面。在駕駛座那一側有面長方形的磁鐵招牌——一個很基本的簡單圖案，是一隻水桶在接五滴水滴；底下寫著「想要不漏接嗎？請打 902-555-0111」——很容易就能拆卸或是裝上，在卡車的工作日與休假日之間切換。

那天晚上我們根本就沒看見他，只顧著把行李和烤麵包機和電水壺以及一箱路上吃的食物往房間裡搬。果汁，香蕉，麵包，大理石紋乾酪，蘇打餅乾。那是五月三十日的晚上。記住正確的日期，讓一切都按照順序是很重要的。隔天是三十一日，大約早晨八點半我們同時離開了房間：梅蒂和萊拉以及兇手和我。我們關上了並排的門，在同一刻走進了外在世界。

我們有事情要辦，有表格要填。保險單，還得跑一趟律師事務所，再回房仲那兒，還要辦理水電和電話。待辦事項清單既複雜又不連貫——其麻煩超過了我們的預期——可是每一項都得做。

梅蒂忙著把萊拉帶向汽車的後座。直到今天我仍然能看見那一刻：她完美的四歲兒童夏裝，洋裝和涼鞋和軟帽。她的肩膀上有黃色衣帶綁成的蝴蝶結，還帶一點蓬蓬袖，裙子裡多了一圈蓬鬆的布料，所以不會黏著她的腿。涼鞋的鞋頭上有紅花，而她的皮膚仍因為我們給她噴上的大量防曬油而油膩閃亮。

梅蒂和萊拉經過兇手面前時，他露出笑臉，伸出右手跟萊拉擊掌，萊拉還重重地拍了下去。他穿著一件有很多口袋的藍色工裝褲，一件灰襯衫，下襬塞進褲腰裡，胸口上有著更多的口袋。他的左手，我記得，拿著某種尖嘴鉗，腰上掛著一捲膠帶，像手鐲一樣。這是三十一日早晨的事情，剛剛已經說過了。他走出那個房間的樣子毫無奇怪之處，他帶著那些工具也毫無可疑之處。他打開車門，把工具丟進去，轉過身來看到萊拉仍然站在那兒高舉著手等著他跟她擊掌，他就立刻回應了。

「祝妳有愉快的一天，小小姐，」他說。從車頂上看過來，對我微笑點頭。我打開車門，按下自動按鈕，把另一側的門都打開。我看著他舉起右手放到鼻端聞了聞，然後誇張地仰頭，假裝濃烈的防曬油味道燙著了他的鼻孔。

「哇咧，椰子味！」他說，手掌在臉前揮。

萊拉哈哈笑，是她獨有的愉快笑聲。她這種笑聲是兩個月前才出現的，大約是在三歲半到剛滿四歲之間——我想沒有人能持續更久了——但是在那一刻卻出現了，而且還是給那個兇手的。一種純粹的驚異表達，直接的驚喜，不假思索。我超愛那種笑聲，超愛她能夠毫不費力就發出那種聲音。

「傻掛，」她說。接著：「傻瓜，傻瓜，傻瓜。」唱歌似的。她直直比著他，再比著我。「傻瓜人，」她跟我說。

「唉唷，真是謝謝妳啊，」他說，對著她微微鞠躬。

他從遮陽板後拿出太陽眼鏡戴上，鏡片是反光的，他再一次轉過頭來，我看到我和梅蒂和萊拉都反映在鏡片上。

「祝你有愉快的一天，兄弟，」他對我說。「你們還會住一晚嗎？不退房？」

我點頭，而他比著我們的門。

「那晚一點也許會再見。」

我們坐進車子，轉動鑰匙，引擎啟動，我揮手請他先走。他豎起大拇指，又對萊拉吐了吐舌頭，就駕車離開了。

在找到這棟房子之前，梅蒂跟我為了找房子每天都熬夜，筆電擺在床上，在我們兩人之間。我們會瀏覽房仲的圖片，幾十棟，一晚可能看個一百棟，而我們變得極其擅長用戴手套的手來移動谷歌地圖。萊拉大概七點半就睡了，之後不久我們就用枕頭堆砌出堡壘，輪流在觸控板上輕輕旋轉中指。筆電放在我們之間，架在我們倆的大腿上，我記得那種電池發熱，處理器嗚響，抵著我的小弟弟振動的感覺。筆電持續發出藍光，圖片在我們眼前掠過，偶爾，背景會由明變暗，我會瞥見我們的兩張臉挨得好近，從螢幕上回瞪著我們。我們的表情茫然，嘴巴半開，但是我們的眼神犀利專注。我們像是變了一個樣子——是陌生人被這種古怪的恍神似的專心點亮，是一對不知道自己被觀察的夫妻。

「這一棟，」梅蒂會說，對準一個項目，點擊、滑動、點擊、滑動。她的舌尖滑過上唇，在她思索著可能性時，而我能聽到她呼吸中的起伏，微頓再放鬆，希望湧現再落寞。在這個階段，她對我不需要再費心思了。她把頭髮放了下來，戴著眼鏡，下半身是睡褲，上半身是一件我喜歡的小可愛。不過時機不對。

「專心，」她說，拍了拍螢幕。

照片中的季節一定是夏天——蒼翠的樹木和茂盛的花園——而且一個人也沒有，即使我們轉換到谷歌街景。我覺得一定有一種演算法，一種微妙的編碼，內建到圖片中，可以自動刪除行人或是狗兒或是可能分散買家注意力的東西。我們看圖向前行，一條街又一條街，一次一棟房子，在空無一人的街道上穿梭。最後，我們摸索出了房市的概況以及東西一般的價格。我們看到的數字似乎形成一種我們自認為可能了解的模式，於是我們開始把一切都看成一個等式，一種純粹的交換。我們不喜歡的房子不是太醜就是天價——只有傻子會住——而我們想要的都是獨樹一格、值得長期投資的項目，而且當然值得我們從現在起就必須背負的房貸。我們找的是一個位在邊緣的東西，一顆不張揚的寶石，一棟有特殊潛能、而別人卻看不出來的屋子。

刑警第一次來找我們時已經把一切實證都查到了。信用卡收據和汽車旅館的紀錄以及我們打給梅蒂爸媽的長途電話，甚至是超市以及我在公路下方的加油站加了三十元汽油的電子明細。這些是無可否認的證據，是從世界的永久數位紀錄中採擷出來的鐵證。這些情資把我們放進了一張密密麻麻的方格紙上的一小格裡。我們在那特別的一刻、那個特別的空間裡的位置是不能在追溯時模糊其詞的。

「仔細回想，」其中一人跟我們說。這一個較年輕，年紀跟我們相近，更殷切友善，就是那種警察有時會為了表示和氣而採取的策略手段。年齡較長的那位沉默安靜，而且更顯疲憊，可是他雖然把黃色筆記本和數位錄音機放在我們的餐桌上，他也盡力讓我們覺得自在。我們為他們奉茶，四個人一起把經過重複了兩三次，而孩子們則在樓上睡覺。稍後他們會把我們帶到警局，讓我們在不同的房間裡做筆錄。

「我要你們回到五月三十一日，我要你們回想起你們在做什麼，四周都有些什麼情況。把你們看見的每一件事，你們記得的每一樣東西都告訴我們。最小的地方也可能會是最重要的關鍵。」

較年長的刑警以拇指和中指轉著鉛筆，錄音機上的紅燈亮著。

「再想一遍，」年輕的接著說。「我們需要的東西可能不是你們第一眼就注意到的事情。」

天氣紀錄證實了我們的所有陳述。五月三十一日熱得出奇，比前一天高了十度，到近黃昏之前已經超過三十度了。我們開車去辦的事情很不順利——

第一趟什麼也沒找到——萊拉在後座上鬧脾氣，滿頭大汗，連續幾個小時抱怨不休。我們需要吃點東西，休息一下，所以我們決定把她們母女先送回房間，我再去超市。我們停進汽車旅館停車場時已經四點了。我們打開房間門，一道沉重、幾乎像沸騰的空氣湧了出來，淹沒了我們。

「好極了，」梅蒂說。她的臉色蒼白，我看到她的太陽穴有一條細細的紫色血管在悸動。她的頭髮都平貼在後頸上。

「太熱了！」萊拉大聲叫。「太、太熱了。」

沒有空調，但是我們打開了天花板上的電風扇，還有後窗，紗門也打開來，感覺空氣比較流通。五分鐘後，空氣移動了，但是溫度並沒有下降。

「我去買東西，」我說。「至少買點飲料和一袋冰塊加幾根香蕉。如果接下來的一小時還是這麼熱，我們今晚就找別的地方過夜。」

「好，」梅蒂說。「去吧，不過儘快回來，我覺得我可能撐不了多久。」

當時並沒感覺這是一個重大的決定。有些事情必須做，我似乎也沒有多想就轉身離開了，把她們丟在像起火的房間裡，只有頭頂上的風扇在循環。

結果我這一去就是四十五分鐘，可能將近一小時，但是在我離開期間一切卻都改變了。我從房門進去，五個塑膠袋的提把緊緊咬入我的手指，我發現兇手坐在我們床上，只有萊拉在房間裡。她的頭髮仍是濕的，搽了護髮素，全部向後梳，只穿著內褲在另一張床上跳上跳下。兇手平靜地看著她，而我不覺得——我到現在仍不覺得——他看著她的眼神有什麼異常。萊拉在唱歌：「上下上下上上下下。」

她一隻手拿著一支「急凍人」(Mr. Freeze)，粗粗的一條藍色冰棒，已經變軟了，而兇手正在吃一支橘色的，一手握著尾端，另一手把冰涼的糖漿擠進嘴裡。萊拉又咬又嚼著冰沙，融化的色素從口裡漏出來，在下巴形成兩條平行的小溪，滴到脖子和肚子上，最後匯聚在她的肚臍。她一看到我就綻開笑臉，牙齒幾乎全被染成了紫色。殺手朝我揮揮手指，算是打招呼。

「哈囉，」我大聲喊。「還有誰在家嗎？」我刻意放大音量。

浴室門打開了，梅蒂走了出來，穿著一件我的舊T恤，腰上只圍著毛巾。縫隙幾乎一路露到頂端，她的胸部和肚子緊緊貼著黃色的T恤。她的頭髮跟萊拉一樣向後梳，她的臉明亮美麗，恢復過來了，又清涼開心了。她也拿著一根吃了一半的急凍人，是紅色的，嘴角也變色了。

她指著兇手。「多虧有他，」她說，然後一口氣說完經過。

「你走了以後我們坐在這裡，然後我就在想，『洗個澡好了，洗個涼水澡，把一身臭汗洗掉。』可是水龍頭有問題，只有燙死人的熱水，好像剛從熱水壺裡倒出來的——一點冷水也沒有。」她搖頭，朝有毛病的浴室揮揮手。「所以我就去櫃台，可是那裡只有一個孩子，他什麼也不知道，他說會打給經理，我們可能得等到明天。所以我完全沒轍了，我走回來這個鬼房間，不敢相信居然還有這種事，然後我看到卡車停在那裡，我就想：『管他的。』我就去敲了門，而這位馬克，我把我們的情況告訴了他，他就說：『沒問題。』他就出來了，從卡車裡拿了需要的工具，打開了水龍頭底下的小活板門，兩秒鐘之後熱水就沒了，全部都是冷水，完美極了。不是冰河那麼冷，只是夠冷。所以我就幫萊拉洗了頭髮，等我們從浴室出來，馬克又來了，不過他是到對街去給每個人都買了一根冰棒。我問他能不能看著萊拉一會兒，換我去洗澡，他說沒問題。後來你就回來了，就是這樣。我們就都在這裡了。」

萊拉還在跳上跳下，不停點頭，而兇手也一樣。他們都有自己的顏色的冰棒，而且他們都很開心。

我謝過他。「請問多少錢？」我說。「修理水龍頭的錢？這種事情，臨時叫工，通常都不便宜。」

「唉唷，」他說，兩隻手都在揮。「說什麼啊？只是小事一樁，花不了幾分鐘。」

他往後用手肘撐著床，抬頭看著天花板上的風扇，盯著扇葉劃過空氣。現在有一點點微風送下來了，我能看到他棒球帽下露出的頭髮被吹動。

「什麼時候想用熱水，就喊我一聲，我會再把她打開。」他對著隔開我們房間的牆抬了抬下巴，哈哈笑。「要是我們能打開那扇門，我就連走出去都不需要了，趁著你們睡覺的時候我溜進來就能弄好了。」

我都沒注意到——可能是因為我沒在看——但果然就在那裡，跟牆壁漆成了同樣的顏色，距離床頭板只有幾呎。我猜應該是長年累月都沒有使用過。現代的家庭比較小，也不再會一大群人一起旅行了。可能有來比賽棒球的吧，一支棒球隊可能就需要打開那扇門。

「給我發個信號，我立馬就行動，」他說。「只要有需要，二十四小時待命。」

這是三十一日晚上的情況。如果報紙和電視說的是真的——而沒有證據可以說報導有誤，一點也沒有——那麼他就是在這一晚殺死第二個人，那個年輕男人的。大概就在他跟我們周旋了幾個小時之後，而且很可能就在不到十呎外的距離。他從我們的水龍頭和我們的冰棒，我們的床和風扇離開，走出我們的房間，步向他的下一件事。那個女的是在我們入住的幾天之前，但是那個年輕男人有可能——這個可能性還不小——當時已經在我們這裡了，在馬克吸吮著融化的冰棒時就在隔壁等待。

當然了，我們當時是完全被蒙在鼓裡。他的事也與我們無關。我們有別的事情，自己的事情，需要專心，許多的事務有待處理。我們要等到一年多、將近兩年的時間過去後，才漸漸開始明瞭當時究竟發生了什麼。

我們第一眼看見這棟房子就認得，感覺上這地方正在傳送一個唯有我們能接收的訊號。梅蒂在半夜一點二十七分寫了電郵，隔天一大早我們就打電話安排看房。房仲開著銀色休旅車到機場來接我們，她大概花了三十秒就看出我們的檔次。她看了一眼我們的鞋子、我們的太陽眼鏡和我們的髮型。

「好，」她說。「應該會很順利。那裡正好適合你們這樣的人。」

挑高天花板，厚實的踢腳板，沉重的鐵柵格和散熱器，木摺壁，全都是原汁原味。一面舊壁爐，一百年來都沒改裝，仍然可以使用，在建築法規改變之前就裝設了。我們喜歡它的地方就是沒有改建，也沒有人瞎搞任何部分或是改成用丙烷加熱。

「這種有古老個性的地方是最棒的，」房仲說，「只要你們對各種毛病都可以接受。」

勘驗員讓我們看了地基的裂縫，指出地下室牆壁中的砂石裡摻了貝殼。屋頂在五年內絕對需要整修，煙囪也會是個麻煩，但是我們對這一切全都匆匆考慮過了。我們的腦子裡跳出的是多倫多、溫哥華、渥太華的高房價，所以我們允許自己在徹底投入之前使用「划算」這個字眼。

「我要把我的椅子放在這裡，」梅蒂說，指著那個小角落，她到今天仍喜歡的凹角。「而且我的燈可以放在那邊，這裡就是我的看書點。距離壁爐夠近，又不會太近。我可以在這個壁架上放茶杯。」

我用手掌貼著老牆壁，好似我可以接收什麼訊息。「意思是，就這裡了嗎？」我問。「我們找到房子了？」

梅蒂看著我，瞪大眼睛，笑得很認真。「對，」她說，很乾脆地拍了三次手。「對，就是，就是。這裡就是我想要我們有的家。」

新工作，新城市，一個女兒，一個夭折的胎兒，還有一個即將出生的孩子。現在是這棟房子。冥冥之中的力量在驅使我們，而有的連鎖反應是無法控制的。我們的身體是一團組織和骨頭和神經末梢，原始的突觸和會反應的受體。我們的大腦裡會噴湧出偶發的電流，所有的訊號都會混亂心智。他們說這種經驗有個名稱，是一種在懷孕期間會出現的生猛的築巢本能，催促著我們去為新生活做準備。或許說得通，至少提供了一點藉口。說不定我們是到了某個階段，類似青春期或更年期的極端變化時期，也或者是跟荷爾蒙和化學有關，我不確定。我不認為僅限於女性的身體，因為我的感受也和梅蒂一樣強烈。我也像她一樣入迷。我要這棟房子，就是這一棟，而且我要讓它處處步上軌道。早在我們真正擁有這個地方之前，早在它還是別人，一對年紀較長的夫婦的房產之前，我就在夢想我要如何改造了。拔掉正面的樹籬，重建後院的露台，屋裡頭每個地方都得重新粉刷。

頭幾天裡，兇手是我們在這座城市中唯一認識的人，是我們唯一的人脈。將近兩年之後我們在新聞裡看到他的臉，就像是我們的一個老朋友，跟我們失去聯絡的某人，獲頒社區服務獎，終於得到了他應有的感謝。

「那是馬克嗎？」我問梅蒂，一面指著電視。那張即將家喻戶曉的大頭照填滿了螢幕，他的嘴唇微分，眉毛往下壓，額頭出現一個小小的V字紋，給人一種他在深思熟慮的印象。「汽車旅館的那個水電工，記得嗎？那個幫我們修水龍頭的。那是我們的馬克嗎？」

後來證明馬克的確是他的名字，而他像是一塊遺失的拼圖，是之前誰也沒發覺到的重要關鍵。像星座，或是那種複雜的3D錯視，有一個圖像會緩緩從背景出現，但是你得要先學會如何瞇著眼睛看；馬克就是一個圖案，一張由各種關係和矛盾織成的網，一直都在，但只有在別人指出來的時候你才能看得見。他跨越的距離似乎太遠，而他挑選的人物、地點、時間或是展開行動的方法都沒有一套可供追查的模式。

在電視的訪談中，犯罪學專家設法壓抑他們的佩服，驚歎著他在行動上的完美隨機。他們稱他的行為「極度不規律」，但是我卻覺得不見得。我覺得他有一套系統，一種研究標靶的特殊方式，可以讓他看出什麼來，常見的孤身一人，或是有某種光圈籠罩，可以指引他或是拉扯他向前找出那些跟他一樣在世間行走的人。同樣身處於那種孤獨疏離之中的人，沒有別人在尋找他們或是詢問他們的下落。在他落網之前，他的每一個受害人都被歸入了冷案，一直到他被捕才重啟調查。五年之前一個從新布倫瑞克省北部來的女性，然後是一名來自渥太華的科諾拉附近的年輕男子。加斯佩半島上一處只說法語的社區中的一位年紀稍長的女士。

那個來自埃斯奎莫爾特，差不多就是維多利亞市中心，的女孩子，是第一名受害者。我經常想起她，從那個處處花園，花團錦簇，還有著參天的英屬哥倫比亞樹，好像連恐龍都能隱身其中的地方走出來。總共九名被害人。人人都認得那九張照片，第一排三張，第二排三張，第三排三張，全都在頭版上。

他們在薩斯喀徹溫省阻止了他。一位搭便車旅行的女子感覺到他的身上散發出一股氣息，於是謝絕了他載她一程的提議，並抄下了車牌，報了警，還描述了卡車及司機的外觀。車牌是偷來的，警察立刻就定位了她手機的衛星訊號——結束這件案子的關鍵居然是手機上的一片晶片。他們攔停了他，在公路上的五十個回應訊號之後，半個小時之後。他下了卡車後冷靜地報出一切：姓名日期，可以找到遺骸的特殊地點。他拉了小操縱桿，把駕駛座的椅子向前推，裡頭有各種車牌以及不同的磁鐵貼牌，但都是同樣的字句，同一個水桶，相同的水滴，只有區域號碼不同。他幾乎到哪裡都能冒充當地人。

他告訴了他們一家在新斯科舍省的汽車旅館，那裡仍然可以週租或月租。

到五月底他就在那裡住將近兩年了。他在那兒殺了一個四十出頭的女人和一個二十來歲的男人，相隔八天。他們是第四和第五號。他的犯罪行為非常縝密，說起乙醚、膠帶、彈性繩、水管疏通劑和活性菌來十分冷靜。他跟警方說他對化學溶劑、水管疏通劑和活菌知道得很多。他們以紫外線照射他的工具，果不其然。幾小時後，警車和鑑識車停進了汽車旅館停車場，一隊警犬進入了鎮外的樹林，二十分鐘後就回來了。只要方向正確，牠們受過專業訓練的鼻子很輕易就能嗅出要找的東西。過去，牠們還曾找到超過六十年歷史的亂葬崗，再多的擦洗或時間都阻止不了牠們查出真相。隔天早上媒體的轉播車和攝影機就出現了。

就在這件事之後，就在新聞爆開，媒體仍在現場，而詳情仍不明的時候，一個我幾乎不認得的女人——住在街道另一頭的某個人——來敲我們家的門。那時是晚上，亨利和萊拉都快上床睡覺了。這個女人用一個小寬口玻璃罐裝了一根小蠟燭，一手按著罐口，動作很輕，彷彿罐子裡裝的是一隻她剛捉到的蝴蝶，不想讓牠飛走。

「有什麼事嗎？」我說。

「我的名字叫甘蒂絲，」她說，鄭重其事，像個小學生。「社區的人在舉辦一個小紀念會，我們認為你們可能會想知道，今天晚上，會為汽車旅館的那一對可憐的情侶舉辦燭光守夜會。」

很顯然她這段話說過很多次了，在別家的門口。

「不是盛大的儀式，只有蠟燭和鮮花。有人會唱歌、彈樂器，不過也歡迎你們只是去靜立。大概半個小時後就開始了。」

「謝謝妳，」我說。

我從來沒碰到過這種事，我也不覺得還會有機會。邀請發出了，而且一定有個時機，有那麼一秒，我可以接受，我可以被接納，跟他們打成一片，但是我沒有接受。我心裡很實際的一面，不該那麼冷酷的一面，浮出檯面，結果我在應該保持沉默的時候偏偏開了口。

「喔，我覺得他們不是情侶，」我跟她說。我能想像我茫然的臉瞪著她的臉。「我太太跟我，我們聽說，我們覺得那是兩件事，兩個個別的事件。我們聽說他們根本就不認識，可能壓根就沒見過對方。我們覺得他們並沒有什麼關係。」

甘蒂絲的眼中浮現出極深的困惑，連額頭也皺了起來，但立刻就變換為怒氣，幾乎是厭惡。

她說：「事件？」接著就不客氣了。

「哼，對我來說他們就是一對。而且這裡有很多人都是這樣看他們的，他們是一起的，不是單獨的。」

她一轉身氣沖沖走開了，蠟燭都幾乎要熄滅了。

後來的事情是這樣的。這是真正發生的事，只限我們，在五月三十一日，在我們的交屋日前一晚，在我們搬進自己的家的前一晚，在他殺了那個年輕人，並且毀屍滅跡的那一晚。

我們在小憩片刻汽車旅館的這邊房間裡，我們買了一大瓶便宜的氣泡酒——一點五公升的非香檳——放在垃圾桶裡，倒進了半袋冰塊，冰鎮個一小時。然後我們把一些小東西都打包，放進汽車。八點時我們就休息了，大家都上了床，輪到我去洗冷水澡了。水一沖上我的胸膛，我就用力倒抽一口氣，感覺肺裡的空氣都被榨乾了，但是我慢慢習慣，稍微放鬆下來，起碼能拿小香皂塗抹全身了。我洗了大約五分鐘，然後擦乾，抽出我最後一件乾淨內褲和乾淨T恤。我稍微擦了擦頭髮，走進臥室。

梅蒂在門後等我，舉高雙手，按著我的臉。她指著我們的女兒，以手指壓在嘴唇上，示意我安靜。

萊拉在另一張床上仰面而躺，蓋著一床薄毯，手腳大開。閉著眼睛，呼吸深沉規律。

「怎麼可能？」我低聲說。「鎮定劑？她的牛奶裡摻了東西？」

「不是，」梅蒂說，面露微笑。「我們什麼也沒做，只是一個夏日奇蹟。」

她抬起萊拉軟綿綿的手腕，離床墊約一呎高，再放下。什麼事也沒有。她的呼吸照樣穩定規律。

「睡死了，」我說。「睡得跟死人一樣。不可思議。」

我們兩個都洗了澡，味道比平常要香。機會來了。

我吻了梅蒂，我們的舌頭相觸，我們兩人的嘴巴都比平常濕。她一手按著我的後腦勺，手指穿透我的頭髮，直接摸著我的頭皮。她撫摸著我的後腦勺跟脖子連接的那一點。

我們拿了垃圾桶，悄悄走回浴室，關上了門，只留下一條小縫。這裡幾乎連站的空間都沒有，所以我把垃圾桶放在浴缸裡，自己也站了進去。我把酒拿出來，瓶身濕淋淋的，還出水，我拆掉錫箔紙，轉開小鐵絲，稍微搖了搖，足以讓白色的塑膠瓶塞啵的一聲飛開，撞上天花板，再跌下來。帶著氣泡的酒往上湧，溢過我的手，我們趕緊把酒倒進玻璃漱口杯裡。

「乾杯，」我說，舉杯跟她互碰。「敬這個。」

「對，敬這一切。」梅蒂笑了，揮手指了指門後角落裡的那摞濕毛巾。

我們碰杯，一飲而盡，立刻又斟滿。這是我們發現她懷孕之後梅蒂第一次喝酒，但是距預產期反正也只有幾星期了。

「再喝一杯也傷害不了誰，」她說，然後她又喝了一杯。

我跨出浴缸，我們坐在浴缸邊緣，倚著彼此。我們粉紅色的腳趾互碰，碳酸飲料在杯子裡形成一層霧，浴室是那麼的逼仄、那麼壓縮，你幾乎能聽見每一顆氣泡在爆裂。

我一手按著她的大腿內側，拇指摩挲著她的內褲邊緣。我們就這麼沉默不動了三十秒，考慮思忖，然後付諸行動，我們再次親吻，這次更激烈。浴室裡沒有空間，我們不得不旋轉，設法把衣服脫掉，手肘幾乎戳到對方的臉上。

我們親吻時，她一面愛撫我脊椎上的每一節骨頭，再把手伸到前面來按著我的胸。我用力把她拉近。

我們兩個有很久很久沒親熱了。妊娠期間亨利的每一個小震動都讓我們憂心忡忡，我們只想要平平安安渡過。話說回來，我們的身體和大腦流動著神祕的化學分子，特別是在這些最後階段，而我們相信我們維持住了一個巧妙的平衡，不該去玩弄。我們的《懷孕時該知道的事》裡有各種名稱，醫學詞彙，我們朗讀出來，像在唸咒，雖然我們完全不懂是什麼意思。好像也沒有人百分之百知道。黃體素，催產素，前列腺素。每一次的表現都會不同，而且還有各種因人而異的反應和逆作用，無從解釋，無法預測。醫生說過流產不是我們的錯，也沒有什麼地方出錯。是完完全全自然發生的，他們說，是很常見的，但是我們可不覺得平常。不過現在，至少在那間狹窄的浴室裡，全都回來了，而且感覺好像我們體內的一切都再次正常發揮了，順著正確的管道加速流去。

「舔一下就好，」她低聲說。「拜託。」

我們把架上最後一條乾淨毛巾拿下來，鋪在馬桶座上。梅蒂張開腿，一腳踩著浴缸邊緣，另一腳抵著小洗手台底下的鵝頸管。她雙手撐著牆，我跪了下去。我的左手一會兒摸她的肚子，一會兒摸她飽滿的乳房，右手手指進出她的身體，非常輕柔，而我的舌頭則停在正確的點上。

「慢一點，」她輕聲說。「慢慢來。」

完美無缺。我能感覺到她收縮放鬆，收縮放鬆，吐出這些長長的氣息。

「好，」她說。「好極了。」

幾分鐘後，她雙手插進我的頭髮，把我向後推。我挪到左邊而不是右邊，一頭撞上了支撐洗手台的不鏽鋼腳。她要我站起來，可是我後退壓著浴室門，有支勾子戳中了我的脖子。

「別急，」她說，還笑了出來。

「那可不容易啊，」我說。

「換你了，」她說。她把毛巾鋪在我面前的地上，跪了下來。然後她把我的內褲往下扯，把我的老二含進嘴裡，以她的手撫弄。同時間發生太多事了，新的和熟悉的混攪在一起，我追不上。我環顧浴室，想像著我們的下一步。我們在浴缸裡做，或是就在這片地磚上趴著做。角度全都太差了，我覺得沒有一樣能成功。我們缺少空間和時間。

「到外面去？」我低聲說。「要不要到外面做？」

我打開了門。對著停車場的窗簾仍半開著，最後的一抹天光筆直照著萊拉的臉，但是她動也不動。我兩三步就跨過房間，把天鵝絨窗簾拉好，只有邊緣有光。

梅蒂仰躺在另一張床上，躺在毯子上。萬一萊拉醒來，我們連遮掩都沒有。

「妳確定嗎？」我問。

「確定，」她說。「沒事的。來吧，快點。」

剛開始，我只能顧慮萊拉，時時刻刻盯著她有什麼動靜，一面想像梅蒂跟我在必要時刻或許可以一齊側滾，躲到毯子底下。我可不想被我的四歲大女兒逮個正著，在她的腦海中留下什麼傷痕，一輩子也抹滅不了。

然後我們換位置，梅蒂按著牆壁而站。壓力漸增，步調加快。從這個階段起，我不聞不問，無法清楚記得究竟是發生了什麼，或是發生的順序。我的心裡，我們倆的心裡，有什麼撒手不管了，在月復一月的蟄伏不動之後，感覺上我們又前進了，做我們該做的事情。

「上面，」她過了一會兒後說。「我要在上面。」

我轉身躺到床上，而她跨坐在我的雙腿上，一手抓住床頭板。她用力往下坐，我用力往上頂。我們快高潮了，再也不顧忌亨利了。激情的聲響傳了出來，我們說了通常不會說的話。我只能隱約感覺到越來越吵、越來越堅持，但是無所謂，我不在乎。梅蒂的眼睛閉著，往下擦摩，前後滑動，動作很快。床頭板和牆壁規律地碰撞，燈罩也在顫動。我們兩個的每一個動作都使出了全身的重量，全部的力氣。

我喘著氣，兩腿真的開始發燙。我正要說話，就聽到牆壁的另一邊響起了三次的敲擊聲。聲音的間隔平均，像是機器，在每一次的動作之間都有兩秒鐘的延遲。砰一聲，然後再砰一聲，再砰一聲。我們面面相覷，兩人的胸膛都擴張又收縮。我們很近，可是不能確定這個聲響是在回應我們做的事，或是完全自主發生的。兩者很可能是相關的——因為時間太接近了——可是我們沒辦法肯定。

雖然聲響是從跟我們的頭等高的地方發出的，卻也感覺像是從整面牆壁傳過來的，像波浪一樣向外擴散，或是像在煙火爆炸之後，或是你家隔壁在開挖地下停車場時，胸口感覺到的震盪性振動。感覺起來不像是一隻手或是一條胳臂或是一邊肩膀撞擊一個點。我抬起頭，以為看到裂開了一條縫，順著灰漿向下跑。然後，在房間對面，在梳妝台的鏡子裡，我看見了我們兩個，仍然激烈地在做愛。她的背向下重搗，我的髖部向上力迎。我們的第二個孩子七個月大了，但是他還沒有來到人世。而另一張床上的萊拉，他的姐姐，一動不動。我們發出的噪音和牆另一側的噪音完全沒有侵擾她。

我瞪著梅蒂的臉，我們四目交會，她搖頭。我還沒能說什麼，她就伸出手按住了我的嘴。我們的節奏加快了。

「別停，」她說。

我們一直做到最後。我們的行動並沒有誘發我們的兒子早產，而我們的女兒也一覺睡到天亮，牆的另一邊也不再有什麼聲響。沒有隱密的門把轉動，沒有電話鈴響，也沒有人詢問。五月三十一日的那晚快速徹底地消逝在我們共同的過去中，而到六月一日早晨，我們的新生活展開，持續了將近兩年。

但後來電視播出了他的照片，而另一個故事——規模較大，包括了我們的那個——開始了。刑警找上了我們家，坐在餐桌上，而孩子們則在樓上睡覺。我們差不多什麼都說了——我們搬家，我們在小憩片刻的住宿計畫，新屋，防曬油，水龍頭，冰棒——但是我們把最後保留給我們自己，矢口不提。那晚的宏亮信號聲——可能是直接傳給我們的，或可能是透過我們向更大的世界傳達的訊息——卻沒有被載明在正式紀錄中。他們把我們載到警察局，梅蒂跟我分開做筆錄，我們在不同的房間裡向不同的警員陳述，可是擺到一塊時，兩份完全吻合，同樣的間隙嵌入了同樣的空間。多年來，我們一直隱瞞著那個聲響，從來不曾對別人提起。

不過我覺得我們常常會想起來，也可能我們只是在回憶中聽到它在重複。那個聲響以及我們的沉默現在結合了，而我們的選擇所造成的後果——我們做的或是沒做的事——很難理解，即使我把其他的可能全都試想過了一遍。說不定我們的沉默救了我們一命，救了我們的孩子的命。可能我們是僥倖逃過一劫。也可能我們製造的噪音和我們聽見卻不上報的噪音直接導致了在其他地方生活的其他人送命。說不定我們對他們的悲慘結果也有一分責任。說不定兇手試圖在他那邊的牆後打開的種種可能卻關閉了我們生活中的其他各種可能。誰也說不準。我分辨不出隱私在哪裡結束，而剩下的世界又從哪裡開始。

但是我知道我們的生活現在要沉靜多了，而我們家裡幾乎有一種博物館似的寂靜。梅蒂比以前還要早疲倦，我們上床的時間不同，也不再共用電腦了。現在我們各有自己的設備，螢幕不斷擴大、畫質變得更好的蘋果手機，而我們用這些來護送自己進入各自不同的睡眠模式。感覺並不奇怪。孩子們睡了，我們就一起整理廚房，各自洗澡。然後我們坐下來幾分鐘，接著她會說：「我要上樓了。」我們親吻，道晚安。在各自的房間裡，在各自的樓面上，我們挑選想看的節目，而那些聲光刺激帶給我們某種慰藉，幫助我們休息。她到現在居然都還喜歡「法醫檔案」(*Forensic Files*)旁白低沉撫慰的聲音，而且她隨時都願意再看她喜愛的節目：「犯罪紀實」(*True Crime*)、「宏偉設計」(*Grand Design*)、「獵訪名宅」(*House Hunters International*)。現在可能還有別的節目了，她自己串流的新影集，不過我沒辦法肯定。我從來不過問，我知道她對我的體育賽事誰贏誰輸沒興趣，也不問我在冰球賽結束後都去了哪裡。如果我上床時她先睡了，我會盡量不吵到她，甚至不碰她的身體，只在她身旁睡下。我們兩人都得為早晨養精蓄銳。

　　這棟屋子住起來很舒適，我們也從不後悔買了它。所有的舊風格仍在牆壁和踢腳板上，整棟屋子也依然充滿了歷史以及在我們之前入住的其他人的痕跡。有些個晚上我生起爐火，我可以想像他們，先前的住戶，一代又一代的陌生人，瞪著這同一點，向熱源和光源伸出手。但是他們都不在了，而這個地方現在只屬於我們。是我們讓它這樣的。我們特別的行動和反應，我們最親密的渴望和反感，都匯聚在一起，形成了日常生活的形態，由我們一手設計，也唯有我們能充分體認。

但是我偶爾會回顧，看到仍在一切的開端的我們。我們一塊在汽車旅館的鏡子裡，我們的亨利七個月大，而我們情難自禁。然後牆壁消失，而我現在從高處俯視，我也能看到他，就在幾呎之處，他的一隻手舉在空中，等待著信號出現。其他時候我想像他默默坐在他自己的那種安靜房間裡，在他們現在關押他的牢房。我想像中有一張小床，幾本書，不鏽鋼馬桶。馬克和我和梅蒂和萊拉和亨利：我們不知道在我們生命的弧線裡，我們是位在哪裡——年老或年輕，安全或暴露，接近開始或結局，與死神擦身而過或是遙遙相望。我們不知道決定性的一瞬是已經來到了或是尚未來臨。我們進入世界，只由欲念和渴望帶領，然後我們鋪設出自己的道路。然後我們睡覺，我們每一個都睡在暫時的臥室裡，將來有一天又會被別人占據。

致謝

部分故事的早期版本出現在下列的文學雜誌或選集中：〈死者要的〉，原名〈表親〉，收錄在《iLit管窺現代：加拿大詩歌與短篇小說選集》，二〇一二年McGraw Hill Ryerson出版。〈交屋日〉收錄在《性與死亡》這本選集中，編輯是莎拉．霍爾及彼得．哈布斯，二〇一六由年Faber & Faber暨House of Anansi Press出版。〈兔形目〉刊登在《Granta 141》雜誌（二〇一八年）以及之後的《二〇一九年歐亨利獎得獎故事一百週年特輯》。特別感謝梅德琳．席恩、凱薩琳．勒烏、蘿莎琳．波特、路克．內瑪及蘿拉．佛爾曼對這篇故事的支持。〈你以為你是在看什麼？〉的法文版標題是「聖母升天紫色特攻隊遊行」，收錄在《一條黑線：亨利．韋塞爾的相片所啟發的黑色新聞》。這篇特輯文本是二〇一九年由MACK Books暨歐洲攝影藝術館出版的。

我要感謝馬克．麥坎恩以及藝術工作者退休協會引領我認識亨利．韋塞爾的攝影，並且邀請我成為二〇一九年歐洲攝影藝術館舉辦的「亨利．韋塞爾：一條黑線」展的一員。啟發〈你以為你是在看什麼？〉的相片是〈加州帕沙第納，一九七四〉及〈加州帕沙第納，一九七五〉，也在巴黎的展覽中展出。

我在寫這些故事時，在不同的階段受到加拿大國家藝術委員會以及藝術新斯科舍的獎助。我也要特別感謝瑪麗琳．斯穆爾德斯，新斯科舍作家聯盟親切又活力十足的會長。我的第一位讀者哈洛德．侯佛在空白處寫滿了註記，他的慷慨與關愛會是我永遠的典範。

我的經紀人珍妮．紐森、蘇珊．高倫姆和法蘭西斯嘉．達維斯在每一個階段都給予我精闢的建議。喬納森．葛拉席、傑瑞德．布蘭德、羅賓．羅伯森、安娜．弗萊徹以及潔卡．馬洛塞維奇在故事發展中的關鍵階段都伸出過援手，和這麼優秀的出版團隊合作讓我覺得十分榮幸。珍妮佛．葛利芬思給了這本選集高雅的內頁設計，正文也由雄恩．

歐基與梅蘭妮．李托編審校對得極為專業。

不過，說到底，就如之前的許多次，這本書還是要感謝阿妮塔．張，我在McClelland & Steward的可靠編輯。她銳利的眼光，犀利的耳朵以及對故事的深奧感知力都在最重要的地方為我領航。我欠她太多了。

我非常睿智的大家庭中的每一位成員，無論老少，都對這本書有一定的貢獻，我會對喀里大道和因佛尼斯 R.R #1的人永遠忠誠。我同時也要感謝蓋瑞特及莫里森氏族，以及麥柯爾邁克斯家族和萊奧家族。在這本選集遇上困難時，我常常受到朋友的庇護：道格．文森，以他特有的風格，米歇爾．杜夏莫，永遠活在想像的世界裡，以及丹尼．麥克蘭能，珍妮佛．范德柏格，克莉絲朵．波納，歐文．高夏克，瑞奇．崔曼，馬克．凱特利，德魯．麥克奧雷，傑森．派綽，西昂．甘乃迪，克莉絲．伯亭，安娜卡娜．斯戈菲爾和安德魯．史帝夫斯。

我們的孩子愛芙琳、約翰．羅柏特和法蘭西絲讓這個世界變得更美好，有時，特別是我們什麼也不做時，我只想要這麼悠閒下去。另外我也要感謝胖達和岡瑟，這兩隻動物讓我們知道我們沒那麼了不起，而且牠們比我們想像中還要了解我們。

最後，感謝克莉絲朵·蓋瑞特，我認識的人裡最有韌性、最堅毅的一位。書裡的美詞佳句都由她的機智以及她身為記者對清晰扼要的要求打磨而成。她在幾十年前從天而降，真的，她在一趟本應極為漫長的巴士旅程中隨意選中了我的隔壁座位。從那時開始，巴士已走了一百萬哩，搖晃顛簸，但是我們仍在座位上，而我對她的陪伴衷心感激。

愛動物的人——亞歷山大·麥克勞德

二〇二四年七月三十一日 初版第一刷
ISBN 978-626-98482-6-3

譯者 趙丕慧
編輯 廖書逸
發行人 林聖修
出版 啓明出版事業股份有限公司
地址 一〇六八一 台北市大安區敦化南路二段五十七號十二樓之一
電話 〇二二七〇八八三五一
總經銷 紅螞蟻圖書有限公司
法律顧問 北辰著作權事務所

定價標示於封底

CATALOGING IN PUBLICATION
國家圖書館出版品
預行編目資料

愛動物的人 / 亞歷山大．麥克勞德
(Alexander MacLeod) 著；趙丕慧譯。
——初版——臺北市：啓明，2024.07。
368 面；14 x 19.5 公分。

譯自：Animal Person
ISBN 978-626-98482-6-3（平裝）

885.357　　113009685

ANIMAL PERSON
BY ALEXANDER MACLEOD